COLLECTION
FOLIO BILINGUE

William Faulkner

# Dr. Martino
# Le docteur Martino

# Black Music
# Musique noire

*Traduit de l'américain*
*par René-Noël Raimbault et Ch.-P. Vorce*

*Traduction révisée, annotée et préfacée*
*par François Pitavy*

Gallimard

# PRÉFACE

*L'œuvre monumentale de Faulkner romancier tend à occulter celle du nouvelliste. De sa première nouvelle, « Landing in Luck » (« Atterrissage risqué »), publiée dès 1919, à la dernière nouvelle proprement dite publiée de son vivant, en 1955, « Race at Morning » (non traduite), Faulkner est l'auteur d'environ soixante-dix nouvelles ou « croquis » (tels les* Croquis de La Nouvelle-Orléans*). Mais si l'on ajoute les nouvelles reprises et complétées pour constituer des romans (*Les invaincus, Descends, Moïse, Le gambit du cavalier*), ou intégrées dans des romans (le cas notamment de la trilogie des Snopes), ainsi que des épisodes de romans à venir publiés en avant-première (et avant modifications) sous forme de nouvelles vers la fin de sa carrière, et enfin les publications posthumes et quelques autres textes ou essais entre fiction et autobiographie, le corpus comprend pas loin de cent vingt entrées*[1]. *Certaines nouvelles sont universellement connues et reproduites dans les anthologies (comme celles publiées dans le*

1. Il n'en existe encore aucune édition américaine complète.

*second Folio bilingue consacré à Faulkner*[1]*), mais d'autres, moins étudiées par la critique, demeurent peu connues du grand public. Telles les deux qui font l'objet de ce volume, où l'on ne rencontre aucun personnage des romans, et qu'en 1948 Robert Haas ne pensait pas retenir pour le volume* Collected Stories *(1950). Cependant Faulkner les considérait comme importantes ou avait pour elles une dilection particulière au point de faire de l'une la nouvelle éponyme de son deuxième recueil,* Le docteur Martino et autres histoires[2] *(où il a inclus la seconde, « Musique noire »), et de reprendre ces deux nouvelles dans* Collected Stories.

*« Musique noire » apparaît pour la première fois sur une liste que tint Faulkner de ses envois répétés de nouvelles à des magazines, entre janvier 1930 et janvier 1932 : période de grande productivité de nouvelles, et aussi de grand besoin d'argent, avant le succès de scandale de* Sanctuaire *(une publication dans le* Saturday Evening Post *pouvait alors lui rapporter presque autant qu'un roman). Il fit trois tentatives en 1931, puis une dernière à l'automne 1933*[3] *: toutes infructueuses. Mais le cadre, l'évidence interne et la figure du faune*

1. « Une rose pour Emily », « Soleil couchant », « Septembre ardent », traduction de Maurice-Edgar Coindreau, révision, préface et notes de Michel Gresset, Gallimard, 1996.

2. Publié en 1934. Traduction de René-Noël Raimbault et Ch.-P. Vorce, Gallimard, 1948.

3. Voir la lettre de Faulkner à son agent à propos de *Minotaure*, une revue littéraire française : « j'ai reçu d'eux une très belle lettre qui me demandait quelque chose, et comme j'aime MUSIQUE NOIRE et que je ne crois pas que quiconque la voudra en Amérique, je te prie de la leur envoyer » (*Lettres choisies*, édition établie

*paraissent désigner une date de composition antérieure, sur laquelle la critique s'accorde à peu près : entre 1926 et 1928, sachant que Faulkner a bien dû revenir sur la première mouture du texte avant de le proposer. Une date vraisemblable de composition pourrait être 1926, après le retour de Faulkner de son voyage en Europe, à Noël 1925, et avant l'écriture de* Moustiques, *commencé en juin 1926. « Musique noire » serait alors contemporaine de « Carcassonne » (que les biographes s'accordent à dater de 1926), une manière de poème en prose placé à la fin de* These Thirteen *en 1931, puis de* Collected Stories *en 1950, comme la signature du* poète *— du créateur visionnaire. Il y est question d'un poète qui vit à Rincon, loge dans une soupente au-dessus d'une* cantina, *que lui laisse habiter la femme du propriétaire d'une compagnie pétrolière, Mrs. Widdrington, et le lit du poète est un rouleau de papier goudronné : on reconnaît là l'environnement de Midgleston dans ce même Rincon.*

*Le ton élevé, emphatique du premier paragraphe pourrait annoncer une sorte de conte, un « Il était une fois Midgleston », permettant au mythe de s'inviter dans la réalité et de la décentrer, puisque l'aventure de Midgleston lui a révélé, dit-il, « quelque chose qui n'est ni le lot ni le destin d'un simple mortel ». Mais le ton du narrateur change aussitôt de registre, sans raison apparente, d'autant que l'on ne sait rien de lui. On perçoit en effet dans ce texte quelque incertitude narrative (ce qui justifie-*

par Joseph Blotner, trad. Didier Coupaye et Michel Gresset, Gallimard, 1981, p. 103).

rait d'en situer la composition dès 1926), le premier informateur étant un des ressorts comiques, et un élément de couleur locale (dans un environnement incertain, antérieur à l'invention du Yoknapatawpha, le comté mythique de Faulkner), mais sa suggestion que Midgleston a caché un magot est une fausse piste dans une histoire qui n'est pas vraiment policière, puisque le narrateur affirme aussitôt que ce dernier est « parfaitement pauvre et parfaitement heureux », et que rien ensuite ne corrobore cette première piste. Enfin le protagoniste ne dit rien au-delà de son expérience fantastique, et la révélation reçue — celle de son être occulté, contraint, la découverte de la liberté et de la puissance créatrice de l'imagination — tourne court et se perd dans une narration finale décalée sous forme d'articles de journaux, d'un comique un peu convenu. Difficile alors de conserver le mystère de l'élection, de l'« apothéose » de Midgleston, « chéri de la fortune, élu des dieux ».

Pourtant, la nouvelle aurait pu être une manière de *tall tale* mythologique, où le dieu Pan inviterait le faune-Midgleston à chasser d'une terre encore vierge les trop riches Van Dyming qui la déflorent et l'asservissent à la vulgarité de l'argent. Mais le *tall tale*, ce genre bien américain de récit hérité de Mark Twain et des humoristes du Sud-Ouest, dont le ton héroï-comique naît du décalage entre le discours d'un narrateur-Tartarin et la réalité perçue sous l'exagération (et grâce à elle), n'est pas soutenu par la cohérence narrative et langagière nécessaire au genre (même si l'évocation des projets extravagants de Mrs. Van Dyming en comporte l'ébauche). Si la nouvelle

*hésite entre comédie bouffonne et parodie mythologique, elle n'en révèle pas moins un propos ambitieux, le rêve de l'après-midi du faune.*

*Car son intérêt tient surtout à la figure centrale du faune, l'une des nombreuses postures permettant au jeune Faulkner de se masquer/dévoiler (le premier masque-imposture étant celui de l'aviateur blessé, rentré à Oxford en décembre 1918, avec canne et claudication, alors qu'il n'avait pas connu d'action de guerre ni même volé, semble-t-il). Son premier texte publié, son entrée en littérature, est un poème d'août 1919, hommage aux symbolistes français et à Mallarmé, « L'Apres-Midi d'un Faune »* (sic)*. Et son premier recueil de poèmes,* Le faune de marbre, *bien que publié en 1924, a été écrit en grande partie au printemps 1919. Dans ce long poème élégiaque, composé soigneusement avec prologue et épilogue, le faune de l'Antiquité païenne, réinventé par romantiques et symbolistes et devenu une figure littéraire obligée, représente la force du désir ensauvagé, mais, comme toujours chez Faulkner, barré, ici* empêtré *dans son marbre qui fait de lui un voyeur et non un violeur, loin du midi enfiévré du faune mallarméen. C'est déjà l'amant au flanc de l'urne grecque, figé dans un désir qui se nourrit (et jouit) de son impuissance à rejoindre son objet*[1] *; et c'est aussi Prufrock*[2]*, figure moderne d'un Pan mâtiné de Narcisse, prisonnier de son bel ennui :*

1. Les allusions au poème de Keats, « Ode sur une urne grecque », sont nombreuses dans l'œuvre de Faulkner.

2. Faulkner a toujours pratiqué, jusqu'à l'imitation et la cita

Pourquoi suis-je triste ? [...] Le ciel
Me réchauffe et pourtant je ne peux briser
Mes liens de marbre. Ce serpent rapide et vif
Est libre d'aller et de venir, alors que
Je suis en prison à rêver et vouloir
Des choses que je sais mais ne peux connaître
Entre le ciel et la terre. [...]
Si j'étais libre, j'irais où soufflent
Les premiers vents frais du printemps[1] [...].

*Or « Musique noire » représente dans l'œuvre de Faulkner le seul moment de liberté du faune, non contraint par le marbre, ni même par le vêtement, puisque Midgleston se déshabille par deux fois, d'abord lorsqu'il se saoule en compagnie des deux hommes qui l'accueillent à la gare, puis dans le parc de Mrs. Van Dyming, lorsqu'il sautille comiquement en tentant de se débarrasser de son pantalon. Unique exemple de nudité d'un* alter ego *de Faulkner à l'abri d'un de ses masques.*

tion, les poèmes de T. S. Eliot, notamment « The Love Song of J. Alfred Prufrock », où le héros n'« ose » pas franchir, sauf par l'imagination, les barrières qui le font être.

1. *Le faune de marbre/ Un rameau vert,* trad. R.-N. Raimbault et A. Suied, « Poésie/Gallimard », 1992, p. 14-15 (trad. modifiée). Dans sa nouvelle « Mayday », parue en version privée, manuscrite, datée du 27 janvier 1926 et dédicacée à l'inaccessible aimée Helen Baird, un dessin de Faulkner représente une jeune fille nue longiligne, vue de dos, que regarde de loin un faune barbu accroupi (mais sans cornes) jouant de la flûte — un « autoportrait » de Faulkner à son retour de France, au moment probable où il va écrire « Musique noire » (University of Notre Dame Press, 1978, p. 44).

*À l'inverse d'un Faulkner jamais libéré du carcan d'une mère trop aimée (et qui lui fit porter pendant son adolescence un corset contre sa scoliose), Midgleston se libère enfin (à cinquante-six ans!) d'une épouse-mère, « bonne », qu'il dit comme par devoir, mais qui convolera avec un homme plus jeune sitôt touchée la prime d'assurances. Son double dans l'histoire, Mr. Van Dyming, à qui Midgleston pense justement ressembler, est lui aussi affublé d'une épouse dominatrice qui le réduit au silence dès la première objection exprimée à ses projets délirants.*

*On ne sait si la cuite de Midgleston est antérieure ou postérieure à l'« explosion » dans sa tête, car, de façon comique, il a perdu ses facultés olfactives et ne sait pas la différence entre un gobelet d'eau et une rasade de whisky de contrebande transparent comme de l'eau. Mais peu importe : l'indéfinition sied au genre héroï-comique. Le* moment *de la nouvelle est l'irruption en lui de l'Autre de lui-même, ce faune portant barbe et cornes : la barrière sur le talus désigne un enclos appartenant à une longue histoire mythique et symbolique, baigné d'une lumière opportunément verte, le lieu du rêve et de tous les possibles, où Midgleston n'est plus spectateur empêché, mais bientôt acteur; l'envol de la barrière permet son identification à cet Autre. Le feu dans sa bouche est l'embrasement de son être, libéré de tous les carcans, habité par « la chose*[1]. *C'était plus fort que du whisky. Comme si*

1. Le *it* anglais permet une plus large indéfinition, ouvre davantage le champ du rêve.

*c'était elle qui buvait à la bouteille au lieu de moi ». C'est le faune en lui qui boit au rêve enfin ouvert, dans un domaine rendu à une virginité non tant édénique ni même littéraire que parodique, et que le faune vengeur sauve comiquement d'une profanation qui est bien dans la tradition d'une richissime « aristocratie » américaine, ici moquée. (Deux tentatives précédentes d'exploitation de cette nature vierge avaient déjà capoté.) Le regard du faune-poète possède la liberté et la ductilité de celui du créateur, il abolit les barrières et n'est plus limité par les contraintes humaines, comme l'explique avec justesse Midgleston : « rien n'est jamais vu de la même manière par deux personnes différentes. Ni par une seule personne, selon le côté d'où on regarde les choses ».*

*Comme il convient au faune, sa libération n'est pas seulement ouverture au champ du rêve et de la création, elle est aussi sexuelle. Midgleston est soumis à une femme-mère à qui il échappe un bref après-midi (ironiquement, elle lui ressasse qu'il vaut autant que tous ces richards, dont elle s'empressera de rejoindre les rangs). Il souffre de n'être que dessinateur à soixante-quinze dollars par semaine (ne devenant architecte que par la grâce d'un article de journal, précieusement conservé), de n'avoir jamais pu réaliser ses rêves, alors qu'enfant il était évidemment chef des pirates ou des cow-boys[1] (comme Caddy, toujours roi ou chef dans les jeux des enfants Compson).*

1. Le grand forçat de *Si je t'oublie, Jérusalem* nourrit lui aussi ses rêves malencontreux de ses lectures et illusions adolescentes, manufacturées par une presse mensongère et par la machine à rêves hollywoodienne.

*Et soudain le voici qui entre dans le jardin du rêve, libère un trop symbolique taureau, et installe Mrs. Van Dyming au centre d'un cercle de désir. Le comique ici côtoie une mythologie de pacotille, comme il se doit, et le gag explose lorsque Mrs. Van Dyming voit s'approcher un Midgleston qu'on suppose nu, où en son inculture de pauvre petite fille devenue trop riche elle ne saurait reconnaître un faune, mais son mari (on devine que, dans ces deux couples parallèles, elle connaît les mêmes frustrations que Mrs. Midgleston). Horrifiée et ravie de la présence d'un taureau furieux et d'un homme nu couteau entre les dents, elle s'évanouit opportunément.*

*« Et ce fut tout », dit le protagoniste devenu narrateur. Ce qui est peut-être le point faible de « Musique noire ». Certes, le retour du refoulé et la libération sexuelle y sont amplement convoqués, mais, sans voix narrative soutenue, la nouvelle ne réussit pas à hausser un propos sérieux tenu de façon comique au niveau du* tall tale, *où bientôt Faulkner excellera. Certes, le domaine de Mrs. Van Dyming (avec les sombres secrets du passé), recréé par l'imagination du faune, pourrait à la rigueur préfigurer ce qui deviendra le comté mythique du Yoknapatawpha, le domaine que Faulkner* invente, *à peine un an après « Musique noire » (si la nouvelle date bien de 1926), en écrivant* Étendards dans la poussière, *finalement publié en 1929 sous le nom de* Sartoris, *et dont il se dira dix ans plus tard l'« Unique Possesseur & Propriétaire*[1] *». Certes encore, l'« explosion » dans la tête de*

1. Voir la carte du Yoknapatawpha dessinée par Faulkner et

*Midgleston devenant faune paraît anticiper cette « série de répercussions semblables à un orage d'été », et cette « foi ardente et joyeuse », cette « extase », que Faulkner dit splendidement avoir éprouvées lors de l'écriture du roman par lequel il se savait entrer en Littérature,* Le bruit et la fureur[1]. *Certes enfin, on peut voir en Midgleston à la fois tâcheron et faune entrant dans le domaine du rêve les deux faces de l'écrivain, que l'on reconnaît ailleurs dans la mise en regard de deux personnages, Cash le charpentier et Darl le fou visionnaire dans* Tandis que j'agonise, *ou Harry l'écrivain tâcheron et Charlotte rêvant de peindre non le cerf, mais le mouvement, dans* Si je t'oublie, Jérusalem, *et bien sûr dans le propre masque d'un Faulkner fermier (« I am a farmer », disait-il). Mais le point focal de la nouvelle, l'*invention *de l'imaginaire, tourne court. On ne sait ce que Midgleston conserve de son expérience, car ce fut tout. Peut-être Faulkner a-t-il pressenti que la folie du rêve ne pouvait se dire dans la* description *d'un personnage, qu'elle ne pouvait être qu'un* langage, *doté de ses propres codes*[2], *langage neuf qu'il inventera magistralement avec Benjy, puis Quentin, dans les deux premières sections du* Bruit et la fureur, *écrit au printemps 1928. Ajoutons que*

insérée dans *Absalon, Absalon !*, en 1936 (*Œuvres romanesques II*, Gallimard, « Bibliothèque de la Pléiade », 1995, p. 938-939).

1. Voir le projet d'introduction à une édition de luxe de ce roman, écrite en août 1933 : remarquable et unique exemple chez Faulkner de confession littéraire (*Œuvres romanesques I*, Gallimard, « Bibliothèque de la Pléiade », 1977, p. 1273).

2. Ce que dit Michel Foucault dans son *Histoire de la folie à l'âge classique* (Gallimard, « Bibliothèque des Histoires », 1972).

*l'image du rouleau de papier goudronné dont Midgleston fait son lit, son emblème d'homme libéré de toute contrainte, ne prend sens qu'à la lecture de « Carcassonne », écrit à la même époque : on peut voir en effet dans ce rouleau de papier marqué du noir indélébile du goudron une première métaphore de la page où le poète inscrit sa vision d'un cheval de feu, Pégase évidemment. « Musique noire » doit donc être lu de conserve avec « Carcassonne », mais cette nouvelle-ci ouvre sur une vision dynamique des prestiges de l'imagination et des pouvoirs du verbe, absente de « Musique noire » et des articles de journaux en quoi se résout la nouvelle. Midgleston, qui n'a pas appris dix mots d'espagnol, est réduit au silence, la* musique *de sa flûte n'est que sons grinçants, son élection demeure sans suite, et la vacuité de sa vie dans ce trou perdu n'est en rien l'exil intérieur du poète habité — celui de Faulkner élisant de vivre et travailler à Oxford, Mississippi. La magie de sa trop brève illumination n'est noire que parodiquement. Si « Carcassonne » dit les splendides et obscures fulgurances de l'après-midi du faune, « Musique noire » n'en est que la face comique, parodique, le prélude — mais un prélude tout de même, ce que savait Faulkner.*

*Bien que publié en 1931, « Le docteur Martino » est étranger au domaine du Yoknapatawpha — comme « Musique noire ». La nouvelle apparaît sur la liste de 1930-1931 : Faulkner l'envoie en mars 1931 au* Saturday Evening Post, *qui la refuse. Elle est finalement achetée par* Harper's Magazine *en septembre pour*

*cinq cents dollars, et publiée en novembre. Elle appartient donc à ces deux années productives en nouvelles. Peut-être même a-t-elle été commencée dès 1930. Ce qui est sûr, c'est que Faulkner y tenait, qu'il l'a beaucoup retravaillée, comme l'attestent les nombreuses pages de manuscrits et dactylogrammes. Il semble avoir peiné particulièrement avec la fin, avant de supprimer la description de la propriétaire allant toucher le docteur pour voir s'il est encore en vie, et de ménager le suspense avec une fin moins explicite et plus poignante, vue de l'extérieur et à distance par les femmes assises sur la galerie, et non par la propriétaire.*

*L'enchevêtrement de ses desseins rend la nouvelle plus complexe qu'il n'y paraît. Autour d'un personnage central déjà figé dans la mort*[1] *et qu'on ne voit jamais se nouent un certain nombre de thèmes : pouvoir et manipulation, peur du sexe, volonté d'affronter sa peur. Louise King est un personnage sous influence, dominée par une mère manipulatrice et par un mort-vivant qui cependant lui permet, peut-être, de survivre. Alvina King manipule sa fille et Hubert Jarrod avec l'irrésistibilité d'une « locomotive », ne cachant pas son mépris pour un futur gendre qu'elle réifie, allant avec sa fille jusqu'à la violence physique et psychologique lorsqu'elle dérobe son lapin talisman pour forcer le destin. Voilà une figure faulknérienne bien reconnaissable dans un univers où significativement le père (et souvent le mari) est une*

1. Comme Donald Mahon, le héros mourant du premier roman de Faulkner, *Monnaie de singe.*

*figure faible ou absente (comme dans la propre famille de l'auteur), et où les épouses-mères se substituent à la Loi d'un père défaillant ou failli.*

*Martino est la figure la plus remarquable et la plus complexe, à la fois vampire et Pygmalion mortifère. Son pouvoir sur le jeune cœur de Louise pallie la défaillance de son propre cœur : il se sert de celui de la toute jeune fille, selon le dire de la propriétaire, et même du sang de Jarrod, à qui il fait comprendre qu'il l'a symboliquement « assassiné » au moment où il autorise son mariage avec Louise — manière de posséder Louise par mari interposé. Jarrod reconnaît en lui son principal adversaire : c'est bien le mort qui saisit le vif.*

*Il n'a évidemment pas « fait faire des choses » à Louise, comme le craint ce vaniteux de Jarrod, mais il l'amène à faire des choses dangereuses et à vaincre sa peur : traverser à la nage une rivière infestée de serpents, et bientôt monter un cheval qui a déjà tué un de ses cavaliers. Sa « morale », stoïcienne si l'on veut, ou tout simplement faulknérienne, c'est de vouloir affronter ses peurs pour se sentir en vie : « avoir peur, c'est savoir qu'on vit, mais faire ce dont on a peur, alors c'est réellement* vivre *» — peut-être une manière de glose sur la propre vie de Faulkner, qui, selon un critique, semble avoir eu peur des chevaux qu'il a pourtant, ou à cause de cela, montés toute sa vie*[1]*, au prix de nombreuses chutes qui lui lais-*

1. « J'ai une peur mortelle des chevaux, c'est pourquoi je ne peux pas les laisser tranquilles » (Michael Grimwood, *Heart in Conflict : Faulkner's Struggles with Vocation,* University of Georgia Press, 1987, p. 312, note 24).

*sèrent parfois d'insupportables douleurs dans le dos, l'obligeant finalement à porter un corset, en une sorte de retour du refoulé maternel. Par sa conduite suicidaire, et peut-être jusqu'à la fin où elle presse Jarrod d'aller de plus en plus vite, Louise s'inscrit dans une lignée de héros faulknériens fascinés par une mort qui soit décréation, sans reste (Quentin Compson, Charlotte Rittenmayer), ou, comme ici, envol et libération d'une terre maternelle trop horizontale (par l'automobile, le cheval, l'aéroplane, ce que montrent à l'envi les romans de Faulkner*[1]*).*

*On peut penser que pour Louise la dernière épreuve à affronter est la peur du mariage, ou de la sexualité (elle avait supplié Jarrod de lui accorder un répit), qu'elle contournait dans sa relation platonique avec le docteur, ce qui expliquerait sa résistance à une mère au comportement brutal, et surtout, au moment du départ, ses pleurs et son visage « blafard, sa bouche ouverte, crispée dans une expression d'angoisse désespérée ou plutôt de capitulation ». On dirait le visage d'une Temple Drake torturée de désir et de terreur. Jarrod pense alors qu'elle est en train de vaincre son ultime peur. Mais rien n'est moins sûr. Car Martino lui-même a abdiqué, a cessé d'affronter sa propre peur de mourir et est devenu « vivant sans réellement vivre » : sa posture stoïcienne est devenue impos-*

1. Ces héros sont tous des jeunes gens. Louise fait exception, mais elle est décrite comme un être « épicène ». On peut aussi penser à Drusilla, dans « Une odeur de verveine » (*Les invaincus*). En 1933, Faulkner s'acheta un biplan Waco et obtint son brevet de pilote.

*ture. Ce qui fait la force de cette nouvelle, c'est précisément sa fin poignante, avec un regard qui prend du champ et laisse ouvertes toutes les interprétations possibles sur le rôle d'un Martino dont Faulkner a habilement réussi à faire le centre absent de la nouvelle (un peu comme Caddy dans* Le bruit et la fureur*), par quoi les différents personnages tentent de se définir.*

*Le comportement final de Louise demeure irrésolu : conquiert-elle sa dernière peur, ou cède-t-elle au désespoir d'avoir été abandonnée par un Martino la laissant jusqu'alors dans un suspens confortable, retardant toute décision quant au mariage que devait faire une jeune fille de sa condition obéissant à sa mère ? Ce qui cependant irait à l'encontre de la philosophie de la vie de Martino. On ne sait. L'habileté de Faulkner dans cette nouvelle est d'avoir réussi à objectiver les peurs de Louise en un seul signifiant, le petit lapin de laiton. Objet sans valeur, mais investi d'une fonction magique, apotropaïque, ce qui au demeurant évite à Louise de faire face à ses peurs tant qu'elle peut les expulser sur cet objet. D'où sa terreur lorsqu'elle s'aperçoit qu'on le lui a volé pour le remettre à un Martino qui n'en a nul besoin, sauf peut-être pour exercer son pouvoir in fine, et la faire mourir lorsque lui-même disparaît d'une scène qu'il occupe, invisible, depuis vingt ans. Peut-être, dans son imposture finale, ou son effacement, joue-t-il sur une « autre scène », où il n'a pas admis que Louise l'accompagne. Dans* Si je t'oublie, Jérusalem, *Charlotte modèle de ses mains une statuette aux fonctions également apotropaïques, qu'elle nomme la Mauvaise Odeur,*

*c'est-à-dire l'envers de la mort propre, sans reste, qu'elle désire. Mais c'est elle-même qui l'a créée, et elle peut ensuite la donner à un autre, assez forte pour savoir s'en séparer. Ce que Louise n'est pas capable de faire : ce n'est pas son œuvre.*

*Malgré deux thèmes proches, le rejet du pouvoir manipulateur de la femme-mère, et une certaine peur fascinée de la sexualité, ces nouvelles montrent deux aspects bien différents de l'art de Faulkner nouvelliste. « Musique noire » dit l'entrée du poète visionnaire dans l'univers de la création, sous le masque du faune, et est à lire en accompagnement de « Carcassonne », qui dit l'essor de la vision poétique et en est le développement vertical. « Le docteur Martino » est un texte ambitieux, laissé adroitement dans l'irrésolution, mais qui peut-être cherche à nouer trop de fils ensemble, à trop dire dans l'espace d'une nouvelle. Edgar Allan Poe savait qu'une nouvelle doit conserver une unité d'effet, ce que Faulkner a magistralement démontré ailleurs. Il n'en tenait pas moins à ce texte. À preuve, les nombreuses ébauches et hésitations dans la composition, et la place qu'il lui a accordée dans les deux recueils où elle paraît.*

FRANÇOIS PITAVY

# Dr. Martino
# Le docteur Martino

Hubert Jarrod met Louise King at a Christmas house party in Saint Louis. He had stopped there on his way home to Oklahoma to oblige, with his aura of oil wells and Yale, the sister of a classmate. Or so he told himself, or so he perhaps believed. He had planned to stop off at Saint Louis two days and he stayed out the full week, going on to Tulsa overnight to spend Christmas Day with his mother and then returning, "to play around a little more with my swamp angel," he told himself. He thought about her quite a lot on the return train—a thin, tense, dark girl. "That to come out of Mississippi," he thought. "Because she's got it: a kid born and bred in a Mississippi swamp." He did not mean sex appeal. He could not have been fooled by that alone,

Ce fut à une réception de Noël à Saint Louis qu'Hubert Jarrod fit la connaissance de Louise King. Il s'y était arrêté en rentrant chez lui dans l'Oklahoma, pour faire plaisir, avec son auréole de Yale et de puits de pétrole, à la sœur d'un camarade de l'université. C'était du moins ce qu'il se disait, et c'était peut-être ce qu'il croyait. Il avait projeté de ne s'arrêter que deux jours à Saint Louis, et il finit par y rester toute la semaine, allant passer la nuit et la journée de Noël auprès de sa mère à Tulsa, puis revenant « pour m'amuser encore un peu avec mon ange des marais », comme il disait. Pendant son retour en chemin de fer il pensa beaucoup à elle — une fille noiraude, maigrichonne, tendue. « Ce que c'est, pensait-il, que d'être du Mississippi. Car c'est bien ça qu'elle a, elle, une gosse née et élevée dans un marais du Mississippi. » Ce n'était pas le sex-appeal qu'il voulait dire. Cela seul n'aurait pas suffi à lui faire illusion,

who had been three years now at New Haven, belonging to the right clubs and all and with money to spend. And besides, Louise was a little on the epicene. What he meant was a quality of which he was not yet consciously aware: a beyond-looking, a passionate sense for and belief in immanent change to which the rhinoceroslike sufficiency of his Yale and oil-well veneer was a little impervious at first. All he remarked at first was the expectation, the seeking, which he immediately took to himself.

Apparently he was not wrong. He saw her first across the dinner-table. They had not yet been introduced, yet ten minutes after they left the table she had spoken to him, and ten minutes after that they had slipped out of the house and were in a taxi, and she had supplied the address.

He could not have told himself how it happened, for all his practice, his experience in surreptitiousness. Perhaps he was too busy looking at her;

1. C'est-à-dire à l'université de Yale, dans le Connecticut. Fondée en 1701, cette université privée est l'une des plus anciennes et des plus prestigieuses (et des plus chères) des États-Unis, à l'égal de Harvard, sa rivale. Elle fait partie, avec sept autres

lui qui depuis trois ans déjà était à New Haven[1], faisait partie des bons clubs et de tout ce qui s'ensuit, avec de l'argent plein les poches. Et de plus Louise avait en elle quelque chose d'épicène. Ce qu'il voulait dire, c'était une manière d'être dont il n'avait pas encore vraiment conscience : un regard posé sur l'au-delà des choses, une perception et une conviction passionnées de l'immanence du changement, auxquels l'assurance pachydermique de son vernis Yale-puits-de-pétrole fut d'abord quelque peu imperméable. Tout ce qu'il remarqua d'abord ce fut l'attente, la quête, dont il se jugea immédiatement l'objet.

Apparemment, il ne se trompait pas. La première fois qu'il la vit ce fut au dîner, en face de lui. On ne les avait pas encore présentés l'un à l'autre, mais dix minutes après qu'ils eurent quitté la table elle lui avait adressé la parole, et dix autres minutes plus tard ils s'étaient échappés de la maison et ils étaient dans un taxi, et c'était elle qui avait donné l'adresse.

Malgré toute sa pratique et son expérience des comportements furtifs, il n'aurait pu dire comment cela était arrivé. Peut-être était-il trop occupé à la regarder,

établissements du Nord-Est, tous éminents par leur excellence universitaire et dans le domaine des sports, de ce que l'on appelle *Ivy League* (les bâtiments de ces institutions vénérables sont censés être recouverts de lierre, *ivy*).

perhaps he was just beginning to be aware that the beyond-looking, the tense expectation, was also beyond him—his youth, his looks, the oil wells and Yale. Because the address she had given was not toward any lights or music apparently, and she sitting beside him, furred and shapeless, her breath vaporizing faster than if she had been trying to bring to life a dead cigarette. He watched the dark houses, the dark, mean streets. "Where are we going?" he said.

She didn't answer, didn't look at him, sitting a little forward on the seat. "Mamma didn't want to come," she said.

"Your mother?"

"She's with me. Back there at the party. You haven't met her yet."

"Oh. So that's what you are slipping away from. I flattered myself. I thought I was the reason." She was sitting forward, small, tense, watching the dark houses: a district half dwellings and half small shops. "Your mother won't let him come to call on you?"

She didn't answer, but leaned forward. Suddenly she tapped on the glass. "Here, driver!" she said. "Right here." The cab stopped.

peut-être commençait-il seulement à se rendre compte que ce regard posé sur l'au-delà des choses, cette attente, cette tension, percevaient aussi un au-delà de lui, avec sa jeunesse, sa prestance, ses puits de pétrole et Yale. Car l'adresse qu'elle avait donnée n'était apparemment pas celle d'un endroit plein de lumières et de musique, et elle était assise à côté de lui, enfouie et informe dans ses fourrures, la vapeur de son souffle se formant plus vite que si elle eût essayé de ranimer une cigarette éteinte. Il regarda les maisons obscures, les rues pauvres et obscures. « Où allons-nous ? » demanda-t-il.

Assise un peu en avant sur le siège, elle ne répondit pas, ne le regarda pas. « Maman ne voulait pas venir, dit-elle.

— Votre mère ?

— Elle est avec moi. Là-bas à la soirée. Vous n'avez pas encore fait sa connaissance.

— Ah ! Alors c'est pour ça que vous vous esquivez. Je me faisais des illusions. Je croyais que c'était à cause de moi. » Elle était assise au bord du siège, petite, tendue, observant les maisons obscures : un quartier moitié habitations, moitié petites boutiques. « Votre mère ne lui permet pas de venir vous voir ? »

Elle ne répondit pas mais se pencha en avant. Tout à coup elle frappa sur la vitre. « Ici, chauffeur ! dit-elle. Juste ici. » Le taxi s'arrêta.

She turned to face Jarrod, who sat back in his corner, muffled, his face cold. "I'm sorry. I know it's a rotten trick. But I had to."

"Not at all," Jarrod said. "Don't mention it."

"I know it's rotten. But I just had to. If you just understood."

"Sure," Jarrod said. "Do you want me to come back and get you? I'd better not go back to the party alone."

"You come in with me."

"Come in?"

"Yes. It'll be all right. I know you can't understand. But it'll be all right. You come in too."

He looked at her face. "I believe you really mean it," he said. "I guess not. But I won't let you down. You set a time, and I'll come back."

"Don't you trust me?"

"Why should I? It's no business of mine. I never saw you before to-night. I'm glad to oblige you. Too bad I am leaving to-morrow. But I guess you can find somebody else to use. You go on in; I'll come back for you."

He left her there and returned in two hours. She must have been waiting just inside the door, because the cab had hardly stopped before the door opened

Elle se retourna pour regarder Jarrod enfoncé dans son coin, emmitouflé, le visage impassible. « Je regrette beaucoup. Je sais que c'est un sale tour. Mais il le fallait.

— Pas du tout, dit Jarrod. Ça n'a pas d'importance.

— Si. Je sais que c'est un sale tour. Mais il le fallait absolument. Si seulement vous compreniez.

— Bien sûr, dit Jarrod. Voulez-vous que je revienne vous chercher ? Il vaut mieux que je ne retourne pas seul à la soirée.

— Entrez ici avec moi.

— Que j'entre, moi ?

— Oui. Ça ne changera rien. Je sais que vous ne pourrez pas comprendre. Mais ça ne changera rien. Entrez vous aussi. »

Il la regarda en face. « Je crois que vous parlez sérieusement, dit-il. Je préfère ne pas entrer. Mais je ne vais pas vous laisser tomber. Fixez une heure et je reviendrai.

— N'avez-vous pas confiance en moi ?

— Pourquoi donc ? Ça ne me regarde pas. Je ne vous connais que depuis ce soir. Je suis heureux de vous rendre service. Malheureusement je pars demain. Mais je pense que vous pourrez en trouver un autre que moi pour cela. Entrez, je reviendrai vous chercher. »

Il la laissa là et revint deux heures plus tard. Elle avait dû l'attendre juste derrière la porte, car à peine le taxi s'était-il arrêté que la porte s'ouvrit,

and she ran down the steps and sprang into the cab before he could dismount. "Thank you," she said. "Thank you. You were kind. You were so kind."

When the cab stopped beneath the porte-cochère of the house from which music now came, neither of them moved at once. Neither of them made the first move at all, yet a moment later they kissed. Her mouth was still, cold. "I like you," she said. "I do like you."

Before the week was out Jarrod offered to serve her again so, but she refused, quietly. "Why?" he said. "Don't you want to see him again?" But she wouldn't say, and he had met Mrs. King by that time and he said to himself, "The old girl is after me, anyway." He saw that at once; he took that also as the meed due his oil wells and his Yale nimbus, since three years at New Haven, leading no classes and winning no football games, had done nothing to dispossess him of the belief that he was the natural prey of all mothers of daughters. But he didn't flee, not even after he found, a few evenings later, Louise again unaccountably absent, and knew that she had gone, using someone else for the stalking horse, to that quiet house in the dingy street.

qu'elle descendit les marches en courant et s'engouffra dans la voiture avant qu'il ait eu le temps d'en sortir. « Merci, dit-elle. Merci. Vous avez été gentil. Vous avez été si gentil. »

Lorsque le taxi s'arrêta sous le passage couvert devant la maison d'où parvenait maintenant le bruit de la musique, ni l'un ni l'autre ne bougea. Ni l'un ni l'autre ne fit à proprement parler le premier geste, mais un instant plus tard ils s'embrassaient. Les lèvres de Louise étaient inertes et froides. « Je vous aime bien, dit-elle. Vraiment. »

Avant que la semaine ne fût écoulée, Jarrod lui offrit de nouveau ses services, mais elle refusa posément. « Pourquoi ? demanda-t-il. Est-ce que vous ne voulez pas le revoir ? » Mais elle ne voulut rien dire. Il avait fait auparavant la connaissance de Mrs. King et il se disait : « En tout cas la maternelle a des vues sur moi. » Il s'en rendit compte aussitôt ; et il considérait cela comme l'hommage dû à ses puits de pétrole et à son halo de Yale, car ses trois années passées à New Haven, où il n'avait ni été le premier en aucune matière ni gagné de partie de football, n'avaient rien fait pour le débarrasser de la conviction qu'il était la proie naturelle de toutes les mères de filles à marier. Mais il ne prit pas la fuite, pas même lorsqu'il s'aperçut, quelques soirs plus tard, que Louise s'était encore absentée sans explication, sachant qu'elle était allée, en se servant d'un autre comme de paravent, à la discrète maison dans la rue obscure.

"Well, I'm done," he said to himself. "I'm through now." But still he didn't flee, perhaps because she had used someone else this time. "She cares that much, anyway," he said to himself.

When he returned to New Haven he had Louise's promise to come to the spring prom. He knew now that Mrs. King would come too. He didn't mind that; one day he suddenly realized that he was glad. Then he knew that it was because he too knew, believed, that Louise needed looking after; that he had already surrendered unconditionally to one woman of them, he who had never once mentioned love to himself, to any woman. He remembered that quality of beyond-looking and that dark, dingy house in Saint Louis, and he thought, "Well, we have her. We have the old woman." And one day he believed that he had found the reason if not the answer. It was in class, in psychology, and he found himself sitting bolt upright, looking at the instructor. The instructor was talking about women, about young girls in particular, about that strange, mysterious phase in which they live for a while. "A blind spot, like that which racing aviators enter when making a fast turn. When what they see is neither good nor evil,

« Eh bien, je suis refait, pensa-t-il. Ça suffit comme ça. » Mais il ne prit toujours pas la fuite, peut-être parce que cette fois-ci elle avait eu recours à un autre que lui. « En tout cas, elle y tient rudement », se dit-il.

Quand il retourna à New Haven, il avait la promesse de Louise qu'elle viendrait pour le bal de printemps de son université. Il savait maintenant que Mrs. King viendrait elle aussi. Il n'y attacha pas d'importance ; un jour il se rendit compte tout à coup que cela lui faisait plaisir. Puis il s'aperçut que c'était parce que lui aussi il savait, il croyait que Louise avait besoin qu'on s'occupe d'elle ; qu'il avait déjà cédé sans conditions à l'une de ces deux femmes, lui qui n'avait jamais prononcé le mot amour ni pour lui-même, ni pour aucune femme. Il se souvenait de la qualité de ce regard posé sur un au-delà et de cette obscure et minable maison de Saint Louis, et il se disait : « Eh bien, nous la tenons. Nous tenons la vieille. » Et un jour il crut avoir découvert la donnée du problème sinon sa solution. C'était à un cours de psychologie, et il s'aperçut qu'il était assis très droit sur son siège, les yeux fixés sur le professeur. Celui-ci parlait des femmes, des jeunes filles en particulier, de cette phase étrange et mystérieuse qu'elles traversent à un moment de leur vie. « Une zone aveugle, comme celle que traversent les aviateurs lors d'une course lorsqu'ils font un virage rapide. Quand ce qu'elles voient n'est ni bon ni mauvais,

and so what they do is likely to be either one. Probably more likely to be evil, since the very evilness of evil stems from its own fact, while good is an absence of fact. A time, an hour, in which they themselves are victims of that by means of which they victimize."

That night he sat before his fire for some time, not studying, not doing anything. "We've got to be married soon," he said. "Soon."

Mrs. King and Louise arrived for the prom. Mrs. King was a gray woman, with a cold, severe face, not harsh, but watchful, alert. It was as though Jarrod saw Louise, too, for the first time. Until then he had not been aware that he was conscious of the beyond-looking quality. It was only now that he saw it by realizing how it had become tenser, as though it were now both dread and desire; as though with the approach of summer she were approaching a climax, a crisis. So he thought that she was ill.

"Maybe we ought to be married right away," he said to Mrs. King. "I don't want a degree, anyway." They were allies now, not yet antagonists, though he had not told her of the two Saint Louis expeditions, the one he knew of and the one he suspected. It was as though he did not need to tell her.

et que par conséquent ce qu'elles font peut être l'un ou l'autre. Plus probablement mauvais, puisque tout le mal du mauvais provient de son propre fait, tandis que le bon est une absence de fait. Un moment, une heure où elles sont elles-mêmes les victimes de ce par quoi elles font d'autres victimes. »

Ce soir-là il resta quelque temps assis devant son feu, sans étudier, sans rien faire. « Il faut qu'on se marie sans tarder, dit-il. Sans tarder. »

Mrs. King et Louise arrivèrent pour le bal. Mrs. King était une femme grisonnante à la figure froide et sévère, non pas dure, mais vigilante et aux aguets. Ce fut comme si Jarrod voyait Louise, elle aussi, pour la première fois. Jusqu'à présent il ne s'était pas rendu compte qu'il voyait ce regard posé sur un au-delà. Ce fut alors seulement qu'il le remarqua, s'apercevant qu'il était devenu plus tendu, comme si à présent il était à la fois crainte et désir, comme si aux abords de l'été Louise approchait d'un paroxysme, d'une crise. Aussi la crut-il malade.

« Nous devrions peut-être nous marier tout de suite, dit-il à Mrs. King. De toute façon je ne cherche pas à avoir mon diplôme. » Ils étaient alliés à présent, pas encore antagonistes, bien qu'il ne lui eût pas raconté les deux escapades de Saint Louis, celle qu'il connaissait et celle qu'il soupçonnait. C'était comme s'il n'avait pas besoin de les lui raconter.

It was as though he knew that she knew; that she knew he knew she knew.

"Yes," she said. "At once."

But that was as far as it got, though when Louise and Mrs. King left New Haven, Louise had his ring. But it was not on her hand, and on her face was that strained, secret, beyond-looking expression which he now knew was beyond him too, and the effigy and shape which the oil wells and Yale had made. "Till July, then," he said.

"Yes," she said. "I'll write. I'll write you when to come."

And that was all. He went back to his clubs, his classes; in psychology especially he listened. "It seems I'm going to need psychology," he thought, thinking of the dark, small house in Saint Louis, the blank, dark door through which, running, she had disappeared. That was it: a man he had never seen, never heard of, shut up in a little dingy house on a back street on Christmas eve. He thought, fretfully, "And me young, with money, a Yale man. And I don't even know his name."

Once a week he wrote to Louise; perhaps twice a month he received replies—brief, cold notes mailed always at a different place—resorts and hotels—

C'était comme s'il savait qu'elle savait, et qu'elle sût que lui savait qu'elle savait.

« Oui, dit-elle. Tout de suite. »

Toutefois les choses n'allèrent pas plus loin, bien que, quand Mrs. King et Louise quittèrent New Haven, celle-ci eût sa bague de fiançailles. Mais elle ne la portait pas à son doigt, et son visage avait cette expression tendue et secrète, ce regard porté sur un au-delà, qu'il savait à présent être aussi au-delà de lui, de l'image et de la forme qu'avaient créées les puits de pétrole et le prestige de Yale. « À juillet, alors, dit-il.

— C'est cela, dit-elle. J'écrirai : je vous dirai quand vous devrez venir. »

Et ce fut tout. Il retourna à ses clubs, à ses cours. À ceux de psychologie en particulier, il était tout ouïe. « J'ai l'impression que je vais avoir besoin de psychologie », se disait-il en pensant à l'obscure petite maison de Saint Louis, à cette porte étroite et obscure par laquelle Louise avait disparu en courant. C'était cela : un homme qu'il n'avait jamais vu, dont il n'avait jamais entendu parler, enfermé dans une petite maison obscure d'une rue écartée, la veille de Noël. Et il pensait avec dépit : « Et moi qui suis jeune, riche, étudiant à Yale. Et je ne sais pas même son nom. »

Une fois par semaine, il écrivait à Louise ; deux fois par mois au plus, il recevait des réponses, des petits mots brefs et froids, toujours postés d'un endroit différent, villes d'eaux et hôtels,

until mid-June, within a week of Commencement and his degree. Then he received a wire. It was from Mrs. King. It said *Come at once* and the location was Cranston's Wells, Mississippi. It was a town he had never heard of.

That was Friday; thirty minutes later his roommate came in and found him packing. "Going to town?" the roommate said.

"Yes," Jarrod said.

"I'll go with you. I need a little relaxation myself, before facing the cheering throngs at the Dean's altar."

"No," Jarrod said. "This is business."

"Sure," the roommate said. "I know a business woman in New York, myself. There's more than one in that town."

"No," Jarrod said. "Not this time."

"Beano," the roommate said.

The place was a resort owned by a neat, small, gray spinster who had inherited it, and some of the guests as well, from her father thirty years ago—a rambling frame hotel and a housed spring

1. New York.

2. Il s'agit de la cérémonie solennelle de remise des diplômes, sanctionnant traditionnellement la fin des quatre premières années d'études universitaires.

jusqu'à la mi-juin, huit jours avant la cérémonie de remise des diplômes, et du sien. Alors il reçut un télégramme. Il était de Mrs. King et disait *Venez immédiatement*, et c'était à Cranston's Wells, Mississippi. Une ville dont il n'avait jamais entendu parler.

C'était un vendredi. Une demi-heure plus tard, en entrant, son camarade de chambre le trouva occupé à faire ses valises. « Tu vas en ville[1] ? demanda le camarade.

— Oui, répondit Jarrod.

— Je t'accompagne. J'ai besoin moi-même d'un peu de distraction avant d'affronter les foules applaudissant devant l'autel du Doyen[2].

— Non, dit Jarrod. C'est un voyage d'affaires.

— Sans blague ! dit le camarade de chambre. Moi aussi je connais une femme d'affaires à New York. Il y en a plus d'une dans le patelin.

— Non, dit Jarrod. Pas cette fois.

— Je pige[3] ! » dit le camarade.

L'endroit était une station thermale appartenant à une vieille petite demoiselle, coquette et grisonnante, qui l'avait héritée de son père, avec quelques-uns de ses hôtes, trente ans auparavant : un hôtel tout en bois, de construction irrégulière, avec une source dans un pavillon,

3. *Beano* est l'équivalent de bingo, sorte de jeu de loto très populaire aux États-Unis, où l'on crie « Bingo ! » lorsqu'on a gagné. Le camarade continue donc ses allusions sexuelles.

where old men with pouched eyes and parchment skin and old women dropsical with good living gathered from the neighboring Alabama and Mississippi towns to drink the iron-impregnated waters. This was the place where Louise had been spending her summers since she was born; and from the veranda of the hotel where the idle old women with their idle magazines and embroidery and their bright shawls had been watching each summer the comedy of which he was just learning, he could see the tips of the crepe myrtle copse hiding the bench on which the man whom he had come to fear, and whose face he had not even seen, had been sitting all day long for three months each summer for more than fifteen years.

So he stood beside the neat, gray proprietress on the top step in the early sunlight, while the old women went to and fro between house and spring, watching him with covert, secret, bright, curious looks, "Watching Louise's young man compete with a dead man and a horse," Jarrod thought.

où se retrouvaient de vieux messieurs avec des poches sous les yeux et des peaux parcheminées, et de vieilles dames hydropiques d'avoir trop bien vécu, venus des villes avoisinantes de l'Alabama et du Mississippi pour boire les eaux ferrugineuses. C'était là que depuis toujours Louise passait ses étés ; et de la véranda de l'hôtel où les vieilles dames oisives, avec leurs magazines et broderies tout aussi oisifs et leurs châles aux couleurs éclatantes, observaient tous les étés la comédie dont Jarrod venait seulement de soupçonner l'existence, celui-ci apercevait le sommet du bosquet de lagerstroemias[1] qui cachait le banc où, pendant trois mois chaque été depuis plus de quinze ans, restait assis toute la journée l'homme qu'il en était venu à craindre et dont il n'avait pas encore aperçu le visage.

Il se tenait donc en haut des marches dans le soleil matinal, à côté de la pimpante et grisonnante propriétaire, pendant que les vieilles dames allaient et venaient entre la source et l'hôtel, lui jetant à la dérobée des regards secrets et brillants de curiosité. « Observant, pensa Jarrod, le fiancé de Louise en rivalité avec un homme mort et un cheval. »

1. Arbuste ou petit arbre commun dans tout le sud des États-Unis, appelé aussi lilas des Indes, couvert tout l'été de larges panicules de petites fleurs de couleur généralement rose vif, semblables à du papier crépon (d'où son nom courant de *crepe myrtle*).

But his face did not show this. It showed nothing at all, not even a great deal of intelligence as, tall, erect, in flannels and a tweed jacket in the Mississippi June, where the other men wore linen when they wore coats at all, he talked with the proprietress about the man whose face he had not seen and whose name he had just learned.

"It's his heart," the proprietress said to Jarrod. "He has to be careful. He had to give up his practice and everything. He hasn't any people and he has just enough money to come down here every summer and spend the summer sitting on his bench; we call it Doctor Martino's bench. Each summer I think it will be the last time; that we shan't see him again. But each May I get the message from him, the reservation. And do you know what I think? I think that it is Louise King that keeps him alive. And that Alvina King is a fool."

"How a fool?" Jarrod said.

The proprietress was watching him—this was the morning after his arrival; looking down at her he thought at first, "She is wondering how much I have heard, how much they have told me." Then he thought, "No. It's because she stays busy. Not like them, those others with their magazines. She has to stay too busy keeping them fed to have learned who I am, or to have been thinking all this time what the others have been thinking."

Mais son visage n'en laissait rien voir. Il ne laissait rien voir du tout, pas même beaucoup d'intelligence, tandis que grand et droit, en pantalon de flanelle et veston de tweed en juin dans le Mississippi alors que les autres hommes portaient des vestons de lin, quand ils en portaient, il causait avec la propriétaire de l'homme dont il n'avait pas vu le visage et dont il venait d'apprendre le nom.

« C'est son cœur, dit à Jarrod la propriétaire. Il est obligé de prendre des précautions. Il a dû abandonner clientèle et tout le reste. Il n'a aucune famille et juste assez d'argent pour venir ici chaque été passer la saison assis sur son banc ; on l'appelle le banc du docteur Martino. Chaque été je me dis que ce sera la dernière fois, que nous ne le reverrons plus. Mais chaque année en mai je reçois une lettre de lui pour faire une réservation. Et savez-vous ce que je pense ? Je pense que c'est Louise King qui le maintient en vie ; et qu'Alvina King est une sotte.

— Comment une sotte ? » dit Jarrod.

La propriétaire l'observait attentivement — c'était le matin d'après son arrivée. À la regarder, il pensa d'abord : « Elle se demande ce que j'ai appris, ce que l'on m'a raconté. » Puis il se dit : « Non, c'est parce qu'elle est toujours occupée. Pas comme tous les autres, avec leurs magazines. Elle est forcément trop occupée à les nourrir pour avoir appris qui je suis ou pour penser depuis tout ce temps-là à ce que pensent les autres. »

She was watching him. "How long have you known Louise?"

"Not long. I met her at a dance at school."

"Oh. Well, I think that the Lord has taken pity on Doctor Martino and He is letting him use Louise's heart, somehow. That's what I think. And you can laugh if you want to."

"I'm not laughing," Jarrod said. "Tell me about him."

She told him, watching his face, her air bright, birdlike, telling him about how the man had appeared one June, in his crumpled linen and panama hat, and about his eyes. ("They looked like shoe-buttons. And when he moved it was as slow as if he had to keep on telling himself, even after he had started moving, 'Go on, now; keep on moving, now.'") And about how he signed the book in script almost too small to read: Jules Martino, Saint Louis, Missouri. And how after that year he came back each June, to sit all day long on the bench in the crepe myrtle copse, where the old Negro porter would fetch him his mail: the two medical journals, the Saint Louis paper, and the two letters from Louise King—

Elle l'observait. « Depuis combien de temps connaissez-vous Louise ?

— Depuis peu. J'ai fait sa connaissance à un bal à l'université.

— Eh bien ! je pense que le Bon Dieu a eu pitié du docteur Martino et que d'une manière ou d'une autre Il lui permet de se servir du cœur de Louise. Voilà mon opinion. Et vous pouvez rire si vous voulez.

— Je ne ris pas, dit Jarrod. Parlez-moi de lui. »

Ce qu'elle fit, sans le quitter du regard, avec son air vif d'oiseau, lui racontant comment l'homme était apparu un certain mois de juin, avec son costume de lin tout chiffonné, coiffé d'un panama, et comment étaient ses yeux. (« On aurait dit des boutons de bottine. Et quand il se déplaçait, c'était avec une telle lenteur qu'il paraissait devoir se répéter sans cesse, même après avoir commencé à avancer : "Allons, continue, allons, ne t'arrête pas." ») Et comment il avait signé sur le registre, d'une écriture presque trop fine pour être lisible[1] : Jules Martino, Saint Louis, Missouri. Et comment depuis cette année-là il revenait tous les ans en juin, et restait toute la journée assis sur le banc dans le bosquet de lagerstroemias, où le vieux porteur noir lui apportait son courrier : les deux revues médicales, le journal de Saint Louis, et les deux lettres de Louise King,

1. Comme l'écriture de Faulkner lui-même.

the one in June saying that she would arrive next week, and the one in late August saying that she had reached home. But the proprietress didn't tell how she would walk a little way down the path three or four times a day to see if he were all right, and he not aware of it; and watching her while she talked, Jarrod thought, "What rivers has he made *you* swim, I wonder?"

"He had been coming here for three years," the proprietress said, "without knowing anybody, without seeming to want to know anybody, before even I found out about his heart. But he kept on coming (I forgot to say that Alvina King was already spending the summer here, right after Louise was born) and then I noticed how he would always be sitting where he could watch Louise playing, and so I thought that maybe he had lost his child. That was before he told me that he had never married and he didn't have any family at all. I thought that was what attracted him to Louise. And so I would watch him while he watched Louise growing up. I would see them talking, and him watching her year after year, and so after a while I said to myself : 'He wants to be married. He's waiting for Louise to grow up.' That's what I thought then." The proprietress was not looking at Jarrod now. She laughed a little. "My Lord, I've thought a lot of foolishness in my time."

celle du mois de juin qui annonçait son arrivée pour la semaine suivante, et celle de la fin du mois d'août disant qu'elle était bien rentrée chez elle. Mais la propriétaire ne raconta pas que trois ou quatre fois par jour elle s'avançait un peu dans l'allée, sans qu'il s'en doutât, pour voir s'il allait bien. Et tout en la regardant pendant qu'elle parlait, Jarrod pensait : « Je me demande quelles rivières il vous a fait traverser à la nage, à vous ? »

« Il venait ici depuis trois ans, poursuivit la propriétaire, sans connaître personne, sans paraître tenir à connaître personne, avant même que je m'aperçoive de l'état de son cœur. Mais il continuait de venir (j'oubliais de dire qu'Alvina passait déjà l'été ici, aussitôt après la naissance de Louise), et puis j'ai remarqué qu'il était toujours assis à une place d'où il pouvait suivre les jeux de Louise, et je pensais qu'il avait peut-être perdu un enfant. C'était avant qu'il ne m'eût dit qu'il ne s'était jamais marié et n'avait aucune famille. Je me figurais que c'était cela qui l'attirait vers Louise. Et c'est pour ça que je l'observais tandis qu'il regardait Louise grandir. Je les voyais, d'une année sur l'autre, causer ensemble, et lui ne la quittait pas des yeux, et puis au bout de quelque temps je me suis dit : "Il veut se marier. Il attend que Louise soit grande." À l'époque, c'était cela que je pensais » La propriétaire ne regardait plus Jarrod à présent. Elle eut un petit rire. « Mon Dieu, j'ai pensé un tas de bêtises dans ma vie.

"I don't know that that was so foolish," Jarrod said.

"Maybe not. Louise would make anybody a wife to be proud of. And him being all alone, without anybody to look after him when he got old." The proprietress was beyond fifty herself. "I reckon I've passed the time when I believe it's important whether women get married or not. I reckon, running this place single-handed this way, I've come to believe it ain't very important what anybody does, as long as they are fed good and have a comfortable bed." She ceased. For a time she seemed to muse upon the shade-dappled park, the old women clotting within the marquee above the spring.

"Did he make her do things, then?" Jarrod said.

"You've been listening to Alvina King," the proprietress said. "He never made her do anything. How could he? He never left that bench. He never leaves it. He would just sit there and watch her playing, until she began to get too old to play in the dirt. Then they would talk, sitting on the bench there. How could he make her do things, even if he had wanted to?"

— Je ne trouve pas que cela était si bête, dit Jarrod.

— Peut-être pas. Louise ferait une épouse à rendre fier n'importe qui. Et lui, il est tout seul, sans personne pour le soigner quand il sera vieux. » La propriétaire avait elle-même franchi le cap de la cinquantaine. « Je crois avoir dépassé l'âge où cela me paraît important qu'une femme se marie ou non. Sans doute, à force de m'occuper toute seule de cet hôtel comme je le fais, en suis-je arrivée à douter de l'importance de ce que font les gens, pourvu qu'ils soient bien nourris et qu'ils aient un lit confortable. » Elle se tut. Pendant un instant, elle parut réfléchir, tout en regardant le parc avec ses taches d'ombre et les vieilles femmes agglutinées sous l'auvent de toile installé au-dessus de la source.

« Lui a-t-il fait faire des choses dans ce temps-là ? fit Jarrod.

— Vous avez prêté l'oreille à Alvina King, dit la propriétaire. Il ne lui a jamais fait faire quoi que ce soit. Comment l'aurait-il pu ? Il ne quittait jamais ce banc. Il ne le quitte toujours pas. Il ne faisait que rester là assis à la regarder jouer, jusqu'à ce qu'elle commence à devenir trop grande pour jouer par terre. Alors ils causaient, assis là sur le banc. Comment aurait-il pu lui faire faire des choses, même s'il l'avait voulu ?

"I think you are right," Jarrod said. "Tell me about when she swam the river."

"Oh, yes. She was always afraid of water. But one summer she learned to swim, learned by herself, in the pool. He wasn't even there. Nor at the river either. He didn't know about that until we knew it. He just told her not to be afraid, ever. And what's the harm in that, will you tell me?"

"None," Jarrod said.

"No," the proprietress said, as though she were not listening, had not heard him. "So she came in and told me, and I said, 'With the snakes and all, weren't you afraid?' And she said:

"'Yes. I was afraid. That's why I did it.'

"'Why you did it?' I said. And she said:

"'When you are afraid to do something you know that you are alive. But when you are afraid to do what you are afraid of you are dead.'

"'I know where you got that,' I said. 'I'll be bound he didn't swim the river too.' And she said:

"'He didn't have to. Every time he wakes up in the morning he does what I had to swim the river to do. This is what I got for doing it: see?'

— Je pense que vous avez raison, fit Jarrod. Racontez-moi cette fois où elle a traversé la rivière à la nage.

— Ah ! oui. Elle avait toujours eu peur de l'eau. Mais un été elle a appris à nager dans la piscine, toute seule. Il n'était même pas là. Ni à la rivière non plus. Il n'en a rien su avant que nous on le sache. Il lui a simplement dit de ne pas avoir peur, jamais. Quel mal y a-t-il à cela ? dites-le-moi ?

— Aucun, dit Jarrod.

— Non », dit la propriétaire, comme si elle n'écoutait pas, ne l'avait pas entendu. « Elle est venue me le raconter et je lui ai dit : “Avec les serpents et tout le reste, est-ce que vous n'avez pas eu peur ?” Et elle m'a répondu :

« “Si, j'ai eu peur. C'est pour ça que je l'ai fait.

« — Pour cela que vous l'avez fait ?” ai-je dit. Et elle a dit :

« “Quand on a peur de faire quelque chose, on sait qu'on vit. Mais quand on a peur de faire ce dont on a peur, on est mort.

« — Je sais où vous avez appris cela, ai-je dit. Je parierais que lui il n'a pas traversé la rivière.” Et elle a répondu :

« “Il n'en avait pas besoin. Chaque fois qu'il se réveille le matin il fait ce que j'ai dû faire pour traverser la rivière à la nage. J'ai reçu ceci comme récompense : regardez.”

And she took something on a string out of the front of her dress and showed it to me. It was a rabbit made out of metal or something, about an inch tall, like you buy in the ten-cent stores. He had given it to her.

"'What does that mean?' I said.

"'That's my being afraid,' she said. 'A rabbit: don't you see? But it's brass now; the shape of being afraid, in brass that nothing can hurt. As long as I keep it I am not even afraid of being afraid.'

"'And if you are afraid,' I said, 'then what?'

"'Then I'll give it back to him,' she said. And what's the harm in that, pray tell me? even though Alvina King always has been a fool. Because Louise came back in about an hour. She had been crying. She had the rabbit in her hand. 'Will you keep this for me?' she said. 'Don't let anybody have it except me. Not anybody. Will you promise?'

"And I promised, and I put the rabbit away for her. She asked me for it just before they left. That was when Alvina said they were not coming back the next summer. 'This foolishness is going to end,' she said. 'He will get her killed; he is a menace.'

"And, sure enough, next summer they didn't come. I heard that Louise was sick, and I knew why.

Et elle a sorti du devant de sa robe un objet attaché par un cordon et me l'a montré. C'était un lapin en métal ou quelque chose d'approchant, long d'à peu près un pouce, comme on peut en acheter dans les magasins à prix unique. C'est lui qui le lui avait donné.

« "Qu'est-ce que cela représente ? ai-je dit.

« — C'est ma peur à moi, a-t-elle dit. Un lapin. Vous ne comprenez pas ? Mais celui-ci est en laiton ; c'est la forme de la peur, en laiton, à quoi rien ne peut faire de mal. Tant que je le garderai, je n'aurai même pas peur d'avoir peur.

« — Et si vous avez peur, ai-je dit, alors qu'est-ce que vous ferez ?

« — Alors je le lui rendrai", a-t-elle dit. Quel mal y a-t-il à cela, dites-moi donc ? Même si Alvina a toujours été une sotte. Car Louise est revenue une heure plus tard environ. Elle avait pleuré. Elle avait le lapin dans sa main. "Voulez-vous me le garder ? a-t-elle dit. Ne le donnez à personne sauf à moi. À personne. Vous me le promettez ?"

« J'ai promis et je lui ai gardé le lapin. Elle me l'a redemandé juste avant leur départ. C'est cette fois-là qu'Alvina a dit qu'elles ne reviendraient pas l'été suivant. "Il faut mettre un terme à ces bêtises, a-t-elle dit. Il la fera se tuer ; cet homme est dangereux."

« Et, comme prévu, elles ne sont pas venues l'été suivant. J'ai appris que Louise était malade, je savais bien pourquoi.

I knew that Alvina had driven her into sickness, into bed. But Doctor Jules came in June. 'Louise has been right sick,' I told him.

"'Yes,' he said; 'I know.' So I thought he had heard, that she had written to him. But then I thought how she must have been too sick to write, and that that fool mother of hers anyway..." The proprietress was watching Jarrod. "Because she wouldn't have to write him."

"Wouldn't have to?"

"He knew she was sick. He knew it. She didn't have to write him. Now you'll laugh."

"I'm not laughing. How did he know?"

"He knew. Because I knew he knew; and so when he didn't go on back to Saint Louis, I knew that she would come. And so in August they did come. Louise had grown a lot taller, thinner, and that afternoon I saw them standing together for the first time. She was almost as tall as he was. That was when I first saw that Louise was a woman. And now Alvina worrying about that horse that Louise says she's going to ride."

"It's already killed one man," Jarrod said.

"Automobiles have killed more than that. But you ride in an automobile, yourself. You came in one.

Je savais que c'était Alvina qui l'avait réduite à être malade, à être alitée. Mais le docteur Jules est venu en juin. “Louise a été bien malade, lui ai-je dit.

« — Oui, a-t-il dit, je sais.” Je croyais alors qu'il avait eu de ses nouvelles, qu'elle lui avait écrit. Mais alors je me suis dit qu'elle avait dû être trop malade pour écrire et que sa sotte de mère en tout cas... » La propriétaire regardait Jarrod. « Car ce n'était pas nécessaire qu'elle lui écrive.

— Pas nécessaire ?

— Il savait qu'elle était malade. Il le savait. Elle n'avait pas besoin de lui écrire. Et maintenant vous allez rire.

— Je ne ris pas. Comment le savait-il ?

— Il le savait. Parce que je savais qu'il le savait ; et donc quand il n'est pas retourné à Saint Louis, j'ai été sûre qu'elle viendrait. Et donc au mois d'août elles sont arrivées. Louise avait beaucoup grandi et maigri, et cet après-midi-là je les ai vus debout l'un près de l'autre pour la première fois. Elle était presque aussi grande que lui. C'est à ce moment-là que j'ai remarqué pour la première fois que Louise était devenue une femme. Et maintenant Alvina se fait du mauvais sang à cause de ce cheval que Louise déclare avoir l'intention de monter.

— Il a déjà tué un homme, dit Jarrod.

— Les automobiles en ont tué bien davantage. Mais vous-même vous roulez bien en auto. Vous êtes venu ici en auto.

It never hurt her when she swam that river, did it?"

"But this is different. How do you know it won't hurt her?"

"I just know."

"How know?"

"You go out there where you can see that bench. Don't bother him; just go and look at him. Then you'll know too."

"Well, I'd want a little more assurance than that," Jarrod said.

He had returned to Mrs. King. With Louise he had had one interview, brief, violent, bitter. That was the night before; to-day she had disappeared. "Yet he is still sitting there on that bench," Jarrod thought. "She's not even with him. They don't even seem to have to be together: he can tell all the way from Mississippi to Saint Louis when she is sick. Well, I know who's in the blind spot now."

Mrs. King was in her room. "It seems that my worst competitor is that horse," Jarrod said.

"Can't you see he is making her ride it for the same reason he made her swim that snake-filled river? To show that he can, to humiliate me?"

"What can I do?" Jarrod said.

Il ne lui est rien arrivé de mal quand elle a traversé cette rivière à la nage, n'est-ce pas ?

— Mais maintenant c'est différent. Comment pouvez-vous savoir qu'il ne lui arrivera rien de mal ?

— Je le sais, c'est tout.

— Et comment ?

— Allez donc là-bas d'où vous pourrez voir ce banc. Ne le dérangez pas ; il vous suffit d'aller le regarder. Alors vous saurez, vous aussi.

— Eh bien, il me faudrait quelque chose d'un peu plus probant que cela », dit Jarrod.

Il était retourné auprès de Mrs. King. Il avait eu avec Louise un seul entretien, bref, violent, âpre. C'était la veille au soir ; aujourd'hui elle avait disparu. « Cependant, lui, il est toujours là sur ce banc, pensa Jarrod. Elle n'est même pas avec lui. Ils n'ont même pas l'air d'avoir besoin d'être ensemble : il sait quand elle est malade malgré la distance qui les sépare du Mississippi à Saint Louis. Eh bien, je sais à présent qui est dans la zone aveugle. »

Mrs. King était dans sa chambre. « J'ai l'impression que c'est ce cheval qui est mon rival le plus dangereux, dit Jarrod.

— Vous ne voyez donc pas qu'il le lui fait monter pour la même raison qu'il lui a fait traverser à la nage cette rivière pleine de serpents ? Pour montrer qu'il le peut, pour m'humilier.

— Qu'est-ce que je peux faire ? dit Jarrod.

"I tried to talk to her last night. But you saw where I got."

"If I were a man, I shouldn't have to ask what to do. If I saw the girl I was engaged to being ruined, ruined by a man, any man, and a man I never saw before and don't even know who he is—old or not old; heart or no heart..."

"I'll talk to her again."

"Talk?" Mrs. King said. "Talk? Do you think I sent you that message to hurry down here just to talk to her?"

"You wait, now," Jarrod said. "It'll be all right. I'll attend to this."

He had to do a good bit of waiting, himself. It was nearly noon when Louise entered the empty lobby where he sat. He rose. "Well?"

They looked at each other. "Well?"

"Are you still going to ride that horse this afternoon?" Jarrod asked.

"I thought we settled this last night. But you're still meddling. I didn't send for you to come down here."

J'ai essayé de parler à Louise hier soir. Mais vous avez vu le résultat.

— Si j'étais un homme, je n'aurais pas besoin de demander quoi faire. Si je voyais la fille qui est ma fiancée courir à sa perte, oui, à sa perte, par la faute d'un homme, n'importe lequel, qui plus est un homme que je n'aurais jamais vu auparavant et dont je ne saurais même pas qui il est, vieux ou pas vieux, et quel que soit l'état de son cœur...

— Je vais lui reparler.

— Parler ? dit Mrs. King. Parler ? Est-ce que vous croyez que je vous ai expédié ce télégramme pour vous faire venir ici le plus vite possible simplement pour lui parler ?

— Attendez, maintenant, dit Jarrod. Ça va bien se passer. Je vais m'en occuper. »

Il dut lui-même attendre un bon bout de temps. Il était presque midi quand Louise fit son entrée dans le hall désert où il était assis. Il se leva. « Alors ? »

Ils se regardèrent. « Alors ?

— Est-ce que vous avez toujours l'intention de monter ce cheval cet après-midi ? demanda Jarrod.

— Je croyais que nous avions réglé cette question hier soir. Mais vous voilà encore à vous mêler de ce qui ne vous regarde pas. Je ne vous ai pas demandé de venir ici.

"But I'm here. I never thought, though, that I was being sent for to compete with a horse." She watched him, her eyes hard. "With worse than a horse. With a damned dead man. A man that's been dead for twenty years; he says so himself, they tell me. And he ought to know, being a doctor, a heart specialist. I suppose you keep him alive by scaring him—like strychnine, Florence Nightingale." She watched him, her face quite still, quite cold. "I'm not jealous," he went on. "Not of that bird. But when I see him making you ride that horse that has already killed..." He looked down at her cold face. "Don't you want to marry me, Louise?"

She ceased to look at him. "It's because we are young yet. We have so much time, all the rest of time. And maybe next year even, this very day next year, with everything pretty and warm and green, and he will be... You don't understand. I didn't at first, when he first told me how it was to live day after day with a match box full of dynamite caps in your breast pocket. Then he told me one day, when I was big enough to understand,

— Mais j'y suis. Mais je n'aurais jamais cru qu'on me faisait venir pour entrer en rivalité avec un cheval. » Elle l'observait, le regard dur. « Avec pire qu'un cheval. Avec un foutu macchabée. Un homme qui est mort depuis vingt ans ; c'est ce qu'il dit lui-même, à ce qu'on m'a raconté. Et il doit bien le savoir, lui qui est docteur, spécialiste du cœur. Je suppose que c'est vous qui le maintenez en vie en lui faisant peur, comme la strychnine, ou Florence Nightingale[1]. » Elle l'observait, le visage absolument calme, absolument glacé. « Je ne suis pas jaloux, continua-t-il. Pas de cet oiseau-là. Mais quand je le vois vous faire monter ce cheval qui a déjà tué... » Il abaissa son regard sur son visage glacé. « Vous ne voulez donc pas m'épouser, Louise ? »

Elle cessa de le regarder. « C'est que nous sommes encore jeunes. Nous avons tellement le temps, toute la vie. Et peut-être même que l'année prochaine, ce même jour l'année prochaine, quand tout sera joli, chaud et vert, et que lui il sera... Vous ne comprenez pas. Moi non plus, tout d'abord, quand il m'a dit pour la première fois ce que c'est que de vivre jour après jour avec une boîte d'allumettes pleine de détonateurs dans la poche intérieure de sa veste. Puis un jour, quand j'ai été assez grande pour le comprendre,

1. Philanthrope anglaise (1820-1910) qui, dix ans avant la fondation de la Croix-Rouge, alla sur place organiser les secours aux blessés militaires, lors de la guerre de Crimée (1854-1855).

how there is nothing in the world but living, being alive, knowing you are alive. And to be afraid is to know you are alive, but to do what you are afraid of, then you *live*. He says it's better even to be afraid than to be dead. He told me all that while he was still afraid, before he gave up the being afraid and he knew he was alive without living. And now he has even given that up, and now he is just afraid. So what can I do?"

"Yes. And I can wait, because I haven't got a match box of dynamite caps in my shirt. Or a box of conjuring powder, either."

"I don't expect you to see. I didn't send for you. I didn't want to get you mixed up in it."

"You never thought of that when you took my ring. Besides, you had already got me mixed up in it, the first night I ever saw you. You never minded then. So now I know a lot I didn't know before. And what does he think about that ring, by the way?" She didn't answer. She was not looking at him; neither was her face averted. After a time he said, "I see. He doesn't know about the ring. You never showed it to him." Still she didn't answer,

il m'a dit qu'il n'y avait rien d'autre au monde que de vivre, d'être en vie, de savoir qu'on est en vie. Et avoir peur, c'est savoir qu'on vit, mais faire ce dont on a peur, alors c'est réellement *vivre.* Il dit qu'il vaut même mieux avoir peur que d'être mort. Il m'a dit tout cela pendant qu'il avait encore peur, avant d'avoir renoncé à avoir peur et de savoir qu'il était vivant sans réellement vivre. Et maintenant il a même renoncé à cela, et il lui reste juste la peur. Alors, qu'est-ce que je peux faire ?

— Oui. Et moi je peux attendre, parce que je n'ai pas une boîte d'allumettes pleine de détonateurs dans la poche de ma chemise. Ni une boîte de poudre magique non plus.

— Je n'espère pas vous voir comprendre. Ce n'est pas moi qui vous ai fait venir. Je ne voulais pas vous mêler à tout cela.

— Vous n'y avez pas du tout pensé quand vous avez accepté ma bague. D'ailleurs vous m'y aviez déjà mêlé le soir où je vous ai vue pour la première fois. Ça vous était égal dans ce temps-là. Mais maintenant je sais un tas de choses que je ne savais pas auparavant. Et à ce propos, qu'est-ce qu'il pense de la bague ? » Elle ne répondit pas. Elle ne le regardait pas ; mais elle n'avait pas non plus détourné la tête. Au bout d'un instant il reprit : « Je comprends. Il ignore l'existence de cette bague. Vous ne la lui avez jamais fait voir. » Elle ne répondit pas davantage,

looking neither at him nor away. "All right," he said, "I'll give you one more chance."

She looked at him. "One more chance for what?" Then she said, "Oh. The ring. You want it back." He watched her, erect, expressionless, while she drew from inside her dress a slender cord on which was suspended the ring and a second object which he recognized in the flicking movement which broke the cord, to be the tiny metal rabbit of which the proprietress had told him. Then it was gone, and her hand flicked again, and something struck him a hard, stinging blow on the cheek. She was already running toward the stairs. After a time he stooped and picked up the ring from the floor. He looked about the lobby. "They're all down at the spring," he thought, holding the ring on his palm. "That's what people come here for: to drink water."

They were there, clotting in the marquee above the well, with their bright shawls and magazines. As he approached, Mrs. King came quickly out of the group, carrying one of the stained tumblers in her hand. "Yes?" she said. "Yes?" Jarrod extended his hand on which the ring lay. Mrs. King looked down at the ring, her face cold, quiet, outraged. "Sometimes I wonder if she can be my daughter. What will you do now?"

le regard posé ni sur lui ni ailleurs. « Très bien, dit-il. Je vais vous laisser encore une chance. »

Elle le regarda. « Encore une chance de quoi ? » Puis elle dit : « Ah ! la bague. Vous voulez que je vous la rende. » Il la regarda, droite, impassible, tirer de son corsage un mince cordon où étaient suspendus la bague et un autre objet dans lequel, malgré la rapidité du geste qu'elle fit pour briser le cordon, il reconnut le petit lapin de métal dont la propriétaire lui avait parlé. Puis l'objet disparut, la main de Louise fit un nouveau geste rapide, et quelque chose de dur et de piquant vint frapper la joue de Jarrod. Louise courait déjà vers l'escalier. Au bout d'un instant, il se baissa et ramassa la bague sur le plancher. Il jeta un coup d'œil autour du hall. « Elles sont toutes à la source, pensa-t-il tout en tenant la bague dans le creux de sa main. C'est pour ça qu'on vient ici — pour prendre les eaux. »

C'était là qu'elles étaient, agglutinées sous la tente installée au-dessus de la source, avec leurs châles aux couleurs criardes et leurs magazines. À son approche, Mrs. King sortit vivement du groupe, tenant à la main l'une des timbales ternies. « Eh bien ? dit-elle. Eh bien ? » Jarrod ouvrit sa main dans laquelle se trouvait la bague. Mrs. King abaissa son regard sur l'objet, le visage froid, calme, scandalisé. « Parfois je me demande s'il est possible qu'elle soit ma fille. Qu'est-ce que vous allez faire maintenant ? »

Jarrod, too, looked down at the ring, his face also cold, still. “At first I thought I just had to compete with a horse,” he said. “But it seems there is more going on here than I knew of, than I was told of.”

“Fiddlesticks,” Mrs. King said. “Have you been listening to that fool Lily Cranston, to these other old fools here?”

“Not to learn any more than everybody else seems to have known all the time. But then, I’m only the man she was engaged to marry.” He looked down at the ring. “What do you think I had better do now?”

“If you’re a man that has to stop to ask advice from a woman in a case like this, then you’d better take the advice and take your ring and go on back to Nebraska or Kansas or wherever it is.”

“Oklahoma,” Jarrod said sullenly. He closed his hand on the ring. “He’ll be on that bench,” he said.

“Why shouldn’t he?” Mrs. King said. “He has no one to fear here.”

But Jarrod was already moving away. “You go on to Louise,” he said. “I’ll attend to this.”

Mrs. King watched him go on down the path. Then she turned herself and flung the stained tumbler into an oleander bush and went to the hotel, walking fast, and mounted the stairs. Louise was in her room, dressing. “So you gave Hubert back his ring,”

Jarrod, lui aussi, regarda la bague ; son expression était également froide, impassible. « J'avais cru tout d'abord n'avoir à entrer en rivalité qu'avec un cheval, dit-il. Mais j'ai l'impression qu'il se passe ici plus de choses que je n'en savais, plus qu'on ne m'en a dit.

— Sornettes, dit Mrs. King. Est-ce que vous avez écouté cette sotte de Lily Cranston, ou ces autres vieilles sottes ?

— Sans rien apprendre de plus que n'importe qui d'autre ne sache depuis longtemps, semble-t-il. Mais après tout, je ne suis que le fiancé. » Il regarda la bague. « À votre avis, qu'est-ce que je devrais faire maintenant ?

— Si vous êtes le type d'homme à prendre le temps de demander conseil à une femme dans une circonstance comme celle-ci, alors autant le suivre, prendre votre bague et retourner dans le Kansas ou le Nebraska ou tout ce que vous voulez.

— Dans l'Oklahoma », dit Jarrod d'un air sombre. Il referma sa main sur la bague. « Il va être sur ce banc ? dit-il.

— Pourquoi pas ? dit Mrs. King. Il n'a personne à craindre ici. »

Mrs. King le regarda suivre l'allée. Puis elle se retourna, lança la timbale ternie dans un buisson de lauriers-roses, rentra d'un pas rapide à l'hôtel et monta l'escalier. Louise était dans sa chambre en train de s'habiller. « Alors tu as rendu sa bague à Hubert,

Mrs. King said. “That man will be pleased now. You will have no secret from him now, if the ring ever was a secret. Since you don’t seem to have any private affairs where he is concerned; don’t appear to desire any—”

“Stop,” Louise said. “You can’t talk to me like that.”

“Ah. He would be proud of that, too, to have heard that from his pupil.”

“He wouldn’t let me down. But you let me down. He wouldn’t let me down.” She stood thin and taut, her hands clenched at her sides. Suddenly she began to cry, her face lifted, the tears rolling down her cheeks. “I worry and I worry and I don’t know what to do. And now you let me down, my own mother.”

Mrs. King sat on the bed. Louise stood in her underthings, the garments she had removed scattered here and there, on the bed and on the chairs. On the table beside the bed lay the little metal rabbit; Mrs. King looked at it for a moment. “Don’t you want to marry Hubert?” she said.

“Didn’t I promise him, you and him both? Didn’t I take his ring? But you won’t let me alone. He won’t give me time, a chance.

dit Mrs. King. Cet homme va être content à présent. Tu n'auras plus de secret pour lui désormais, si tant est que la bague en ait jamais été un. Puisque tu ne sembles pas avoir d'histoire personnelle en ce qui le concerne, que tu ne sembles pas souhaiter en avoir...

— Assez ! dit Louise. Tu n'as pas le droit de me parler comme ça.

— Ah ! il serait fier de cela aussi, d'entendre sa protégée répondre ainsi.

— Il ne m'aurait pas laissé tomber. Mais toi tu me laisses tomber. Lui ne le ferait pas. » Elle était plantée là, mince, tendue, les mains crispées sur ses hanches. Tout à coup, elle se mit à pleurer, la figure levée, les larmes roulant sur ses joues. « Je n'arrête pas de me faire du souci et je ne sais pas quoi faire. Et maintenant tu me laisses tomber, toi, ma mère. »

Mrs. King s'assit sur le lit. Louise resta debout, en sous-vêtements, les affaires qu'elle venait de quitter dispersées çà et là sur le lit et sur les chaises. Sur la table auprès du lit était posé le petit lapin de métal ; Mrs. King le regarda un instant. « Tu ne veux donc pas épouser Hubert ? dit-elle.

— Est-ce que je ne vous l'ai pas promis à tous deux, à lui et à toi ? Est-ce que je n'ai pas accepté sa bague ? Mais tu ne veux pas me laisser tranquille. Il ne veut pas me laisser de temps, de répit.

And now you let me down, too. Everybody lets me down except Doctor Jules."

Mrs. King watched her, cold, immobile. "I believe that fool Lily Cranston is right. I believe that man has some criminal power over you. I just thank God he has not used it for anything except to try to make you kill yourself, make a fool of yourself. Not yet, that is—"

"Stop," Louise said; "stop!" She continued to say "Stop. Stop," even when Mrs. King walked up and touched her. "But you let me down! And now Hubert has let me down. He told you about that horse after he had promised me he wouldn't."

"I knew that already. That's why I sent for him. I could do nothing with you. Besides, it's anybody's business to keep you from riding it."

"You can't keep me. You may keep me locked up in this room to-day, but you can't always. Because you are older than I am. You'll have to die first, even if it takes a hundred years. And I'll come back and ride that horse if it takes a thousand years."

"Maybe I won't be here then," Mrs. King said. "But neither will he. I can outlive him. And I can keep you locked up in this room for one day, anyway."

Et maintenant tu me laisses tomber, toi aussi. Tout le monde me laisse tomber excepté le docteur Jules. »

Mrs. King l'observait, froide, immobile. « Je crois que cette sotte de Lily Cranston a raison. Je crois que cet homme a sur toi je ne sais quel pouvoir criminel. Dieu merci, il ne l'a exercé que pour essayer de te faire tuer, de te rendre ridicule. Du moins pas encore...

— Arrête ! dit Louise. Arrête ! » Elle continua de dire « Arrête, arrête », même lorsque Mrs. King s'approcha d'elle et la toucha. « Mais tu me laisses tomber ! Et maintenant Hubert m'a laissé tomber. Il t'a parlé du cheval après m'avoir promis de ne pas le faire.

— J'étais déjà au courant. C'est pour cela que je l'ai fait venir. Je ne pouvais rien faire de toi. D'ailleurs, c'est l'affaire de tout le monde de t'empêcher de le monter.

— Tu ne peux pas m'en empêcher. Tu peux m'enfermer dans cette chambre aujourd'hui, mais tu ne le pourras pas indéfiniment. Parce que tu es plus vieille que moi. Tu mourras la première, même si ça prend cent ans. Et je reviendrai monter ce cheval même s'il faut attendre mille ans.

— Peut-être qu'alors je ne serai pas ici, dit Mrs. King. Mais lui non plus. Je peux lui survivre. Et en tout cas je peux te laisser une journée enfermée dans cette chambre. »

Fifteen minutes later the ancient porter knocked at the locked door. Mrs. King went and opened it. "Mr. Jarrod wants to see you downstairs," the porter said.

She locked the door behind her. Jarrod was in the lobby. It was empty. "Yes?" Mrs. King said. "Yes?"

"He said that if Louise would tell him herself she wants to marry me. Send him a sign."

"A sign?" They both spoke quietly, a little tensely, though quite calm, quite grave.

"Yes. I showed him the ring, and him sitting there on that bench, in that suit looking like he had been sleeping in it all summer, and his eyes watching me like he didn't believe she had ever seen the ring. Then he said, 'Ah. You have the ring. Your proof seems to be in the hands of the wrong party. If you and Louise are engaged, she should have the ring. Or am I just old fashioned?' And me standing there like a fool and him looking at the ring like it might have come from Woolworth's. He never even offered to touch it."

Un quart d'heure plus tard, le vieux porteur frappa à la porte fermée à clef. Mrs. King alla ouvrir. « Mr. Jarrod désirerait vous voir en bas », dit le porteur.

Elle referma la porte à clef derrière elle. Jarrod était dans le hall. Il était désert. « Eh bien ? dit Mrs. King. Eh bien ?

— Il a dit que si Louise voulait lui faire savoir elle-même qu'elle désire m'épouser, qu'elle lui envoie un signe.

— Un signe ? » Tous deux parlaient posément, un peu tendus, mais très calmes, très graves.

« Oui. Je lui ai montré la bague, et lui il était là sur ce banc, dans ce complet avec lequel il a l'air d'avoir dormi tout l'été, et avec ses yeux qui me regardaient comme s'il refusait de croire qu'elle ait jamais vu la bague. Alors il a dit : "Ah ! c'est vous qui avez la bague. Votre pièce à conviction ne semble pas être dans les mains de la bonne personne. Si vous êtes fiancés, Louise et vous, c'est elle qui devrait l'avoir. À moins que je ne sois tout simplement vieux jeu." Et moi qui restais là planté comme un imbécile, tandis qu'il regardait la bague comme si elle avait l'air de venir de Woolworth[1]. Il n'a même pas fait mine d'y toucher.

1. Magasin à bon marché. Fondée en 1878, et jusqu'à son déclin dans les années 1980-1990, cette enseigne populaire très connue imposa pendant un bon siècle aux États-Unis le modèle du magasin originellement à prix unique (*dime store*).

"You showed him the ring? The *ring*? You fool. What--"

"Yes. I don't know. It was just the way he sat there, the way he makes her do things, I guess. It was like he was laughing at me, like he knew all the time there was nothing I could do, nothing I could think of doing about it he had not already thought about; that he knew he could always get between us before—in time..."

"Then what? What kind of a sign did he say?"

"He didn't say. He just said a sign, from her hand to his. That he could believe, since my having the ring had exploded my proof. And then I caught my hand just before it hit him—and him sitting there. He didn't move; he just sat there with his eyes closed and the sweat popping out on his face. And then he opened his eyes and said, 'Now, strike me.'"

"Wait," Mrs. King said. Jarrod had not moved. Mrs. King gazed across the empty lobby, tapping her teeth with her fingernail. "Proof," she said. "A sign." She moved. "You wait here." She went back up the stairs; a heavy woman, moving with that indomitable, locomotivelike celerity. She was not gone long. "Louise is asleep,"

— Vous lui avez montré la bague ? La *bague* ? Idiot que vous êtes. Qu'est-ce que...

— Oui. Je ne sais pas. C'était seulement sa façon d'être assis là-bas, la façon dont il lui fait faire des choses, sans doute. C'était comme s'il se moquait de moi, comme s'il avait su de tout temps qu'il n'y avait rien que je puisse faire, rien que je puisse avoir l'idée de faire en l'occurrence, à quoi il n'ait déjà pensé ; comme s'il savait qu'il pourrait toujours se mettre entre nous avant... en temps voulu...

— Alors quoi ? Quelle sorte de signe a-t-il dit ?

— Il n'a pas précisé. Il a seulement dit un signe, de la main de Louise à la sienne. Quelque chose qu'il pourrait croire, puisque le fait que c'était moi qui étais en possession de la bague avait réduit ma preuve à néant. Alors j'ai retenu ma main juste au moment où elle allait le frapper — et lui toujours assis à cette place. Il n'a pas fait un geste ; il est resté assis là, les yeux fermés, la sueur lui perlant sur le visage. Et puis il a ouvert les yeux et il a dit : “Allons, frappez-moi.”

— Attendez », dit Mrs. King. Jarrod n'avait pas bougé. Mrs. King regardait fixement le hall désert en se tapotant les dents avec son ongle. « Une preuve, dit-elle. Un signe. » Elle s'éloigna. « Attendez-moi ici. » Elle remonta l'escalier — une grosse femme qui se mouvait avec l'irrésistible vitesse d'une locomotive. Elle ne fut pas longtemps absente. « Louise dort »,

she said, for no reason that Jarrod could have discerned, even if he had been listening. She held her closed hand out. “Can you have your car ready in twenty minutes?”

“Yes. But what—?”

“And your bags packed. I’ll see to everything else.”

“And Louise—You mean—”

“You can be married in Meridian; you will be there in an hour.”

“Married? Has Louise—?”

“I have a sign from her that he will believe. You get your things all ready and don’t you tell anyone where you are going, do you hear?”

“Yes. Yes. And Louise has—?”

“Not a soul. Here”—she put something into his hand. “Get your things ready, then take this and give it to him. He may insist on seeing her. But I’ll attend to that. You just be ready. Maybe he’ll just write a note, anyway. You do what I told you.” She turned back toward the stairs, fast, with that controlled swiftness, and disappeared. Then Jarrod opened his hand and looked at the object which she had given him.

dit-elle sans la moindre raison que Jarrod eût été capable de discerner même s'il avait écouté. Elle tendit sa main fermée. « Pouvez-vous avoir votre voiture prête dans vingt minutes ?

— Oui. Mais qu'est-ce que... ?

— Et vos valises bouclées ? Je m'occuperai du reste.

— Et Louise... Vous voulez dire...

— Vous pourrez vous marier à Meridian[1] ; vous y serez dans une heure.

— Se marier ? Est-ce que Louise... ?

— J'ai d'elle un signe qu'il croira. Préparez vos affaires, et ne dites à personne où vous allez, vous m'entendez ?

— Oui. Oui. Et Louise, est-ce que... ?

— Pas à âme qui vive. Tenez... » Elle lui mit quelque chose dans la main. « Préparez vos affaires, et puis prenez ceci et donnez-le-lui. Il insistera peut-être pour la voir. Mais j'en fais mon affaire. Soyez prêt, c'est tout. Et puis il se contentera sans doute d'écrire un petit mot. Faites bien comme je vous ai dit. » Elle tourna le dos, se dirigea vivement vers l'escalier avec cette même promptitude contenue, puis elle disparut. Alors Jarrod ouvrit la main et regarda l'objet qu'elle lui avait donné.

1. Ville ferroviaire et industrielle à une centaine de miles à l'est de Jackson, la capitale du Mississippi. Dans les années 1930, avec environ 30 000 habitants, Meridian était la seconde ville de l'État par sa population.

It was the metal rabbit. It had been gilded once, but that was years ago, and it now lay on his palm in mute and tarnished oxidation. When he left the room he was not exactly running either. But he was going fast.

But when he re-entered the lobby fifteen minutes later, he was running. Mrs. King was waiting for him.

"He wrote the note," Jarrod said. "One to Louise, and one to leave here for Miss Cranston. He told me I could read the one to Louise." But Mrs. King had already taken it from his hand and opened it. "He said I could read it," Jarrod said. He was breathing hard, fast. "He watched me do it, sitting there on that bench; he hadn't moved even his hands since I was there before, and then he said, 'Young Mr. Jarrod, you have been conquered by a woman, as I have been. But with this difference: it will be a long time yet before you will realize that you have been slain.' And I said, 'If Louise is to do the slaying, I intend to die every day for the rest of my life or hers.' And he said, 'Ah; Louise. Were you speaking of Louise?' And I said, 'Dead.' I said, 'Dead.' I said, 'Dead.'"

But Mrs. King was not there. She was already half way up the stairs. She entered the room. Louise turned on the bed,

C'était le lapin en métal. Il avait été doré autrefois, mais il y avait de cela des années, et il reposait à présent dans le creux de sa main, oxydé, terni, sans éclat. Quand il sortit de la pièce, lui non plus ne courait pas à proprement parler. Mais il marchait rapidement.

Mais lorsqu'il redescendit dans le hall un quart d'heure plus tard, il courait. Mrs. King l'attendait.

« Il a écrit le petit mot, dit Jarrod. Un pour Louise et un autre à laisser ici pour Miss Cranston. Il m'a dit que je pouvais lire celui qui était pour Louise. » Mais Mrs. King le lui avait déjà arraché des mains et l'avait ouvert. « Il a dit que je pouvais le lire », dit Jarrod. Il respirait fort, rapidement. « Il m'a regardé faire, assis là-bas sur son banc ; il n'avait pas bougé, même pas les mains depuis que j'y étais déjà allé peu auparavant, et alors il a dit : "Jeune homme, vous avez été conquis par une femme comme je l'ai été. Mais avec cette différence : c'est qu'il vous faudra longtemps avant que vous ne vous rendiez compte que vous avez été assassiné", et je lui ai répondu : "Si c'est Louise qui doit être l'assassin, j'ai bien l'intention de mourir chaque jour pendant tout le reste de ma vie ou de la sienne." Et il a dit : "Ah ! Louise. C'était de Louise que vous parliez ?" Et j'ai dit : "Macchabée !" J'ai dit : "Macchabée !" J'ai dit : "Macchabée !" »

Mais Mrs. King n'était plus là. Elle était déjà à mi-hauteur de l'escalier. Elle entra dans la chambre. Louise se retourna sur le lit,

her face swollen, with tears or with sleep. Mrs. King handed her the note. "There, honey. What did I tell you? He was just making a fool of you. Just using you to pass the time with."

The car was going fast when it turned into the highroad. "Hurry," Louise said. The car increased speed; she looked back once toward the hotel, the park massed with oleander and crepe myrtle, then she crouched still lower in the seat beside Jarrod. "Faster," she said.

"I say faster, too," Jarrod said. He glanced down at her; then he looked down at her again. She was crying. "Are you that glad?" he said.

"I've lost something," she said, crying quietly. "Something I've had a long time, given to me when I was a child. And now I've lost it. I had it just this morning, and now I can't find it."

"Lost it?" he said. "Given to you..." His foot lifted; the car began to slow. "Why, you sent..."

"No, no!" Louise said. "Don't stop! Don't turn back! Go on!"

The car was coasting now, slowing, the brakes not yet on. "Why, you... She said you were asleep." He put his foot on the brakes.

"No, no!" Louise cried.

le visage gonflé de larmes ou de sommeil. Mrs. King lui tendit le billet. « Tiens, chérie. Qu'est-ce que je t'avais dit ? Il s'amusait à tes dépens. Tu n'étais pour lui qu'un passe-temps. »

La voiture roulait déjà à vive allure lorsqu'elle s'engagea sur la grand-route. « Vite », dit Louise. La voiture accéléra ; Louise jeta un regard en arrière vers l'hôtel, vers le parc avec ses massifs de lauriers-roses et de lagerstroemias, puis elle se blottit plus profondément sur le siège à côté de Jarrod. « Plus vite, dit-elle.

— Moi aussi, je dis plus vite », dit Jarrod. Il lui jeta un bref coup d'œil, puis la regarda de nouveau. Elle pleurait. « Êtes-vous heureuse à ce point ? demanda-t-il.

— J'ai perdu quelque chose, dit-elle en pleurant sans bruit. Quelque chose que j'avais depuis longtemps, qu'on m'a donné quand j'étais enfant. Et maintenant je l'ai perdu. Je l'avais ce matin même, et maintenant je ne peux plus le retrouver.

— Perdu ? dit-il. Qu'on vous avait donné... » Il leva le pied, la voiture se mit à ralentir. « Eh bien, c'est ce que vous avez fait parvenir...

— Non, non ! dit Louise. Ne vous arrêtez pas ! Ne revenez pas ! Continuez ! »

La voiture à présent avançait sur son élan, ralentissait, les freins pas encore serrés. « Eh bien, vous avez... Elle a dit que vous dormiez. » Il appuya le pied sur la pédale de frein.

« Non, non ! » cria Louise.

She had been sitting forward; she did not seem to have heard him at all. "Don't turn back! Go on! Go on!"

"And he knew," Jarrod thought. "Sitting there on the bench, he knew. When he said what he said that I would not know that I had been slain."

The car was almost stopped. "Go on!" Louise cried. "Go on!" He was looking down at her. Her eyes looked as if they were blind; her face was pale, white, her mouth open, shaped to an agony of despair and a surrender in particular which, had he been older, he would have realized that he would never see again on any face. Then he watched his hand set the lever back into gear, and his foot come down again on the throttle. "He said it himself," Jarrod thought: "to be afraid, and yet to do. He said it himself: there's nothing in the world but being alive, knowing you are alive."

"Faster!" Louise cried. "Faster!" The car rushed on; the house, the broad veranda where the bright shawls were now sibilant, fell behind.

In that gathering of wide summer dresses, of sucked old breaths and gabbling females staccato, the proprietress stood on the veranda with the second note in her hand. "Married?" she said. "Married?" As if she were someone else, she watched herself open the note and read it again. It did not take long:

1 Photographie prise par Willa Johnson à la fin de l'été 1924 pour la promotion du *Faune de marbre* que The Four Seas Company a accepté de publier.

2 « Le premier masque-imposture étant celui de l'aviateur blessé, rentré à Oxford en décembre 1918, avec canne et claudication, alors qu'il n'avait pas connu d'action de guerre ni même volé, semble-t-il. »

3 Faune et nymphe chevauchant un « Biplan de la Première Guerre mondiale ». Dessin à l'encre noire de Faulkner, 1918.

2

3

4 William Faulkner et sa mère, en 1898.

*« À l'inverse d'un Faulkner jamais libéré du carcan d'une mère trop aimée, Midgleston se libère enfin d'une épouse-mère. »*

4

5 

**5** Comté de Lafayette : la rivière Yocona.

**6** Rowan Oak, Oxford, Mississippi, achetée en 1930.

6 

7 Faulkner pose avec son cheval Tempy, en 1960.

*« Mais je n'aurais jamais cru qu'on me faisait venir pour entrer en rivalité avec un cheval. »*

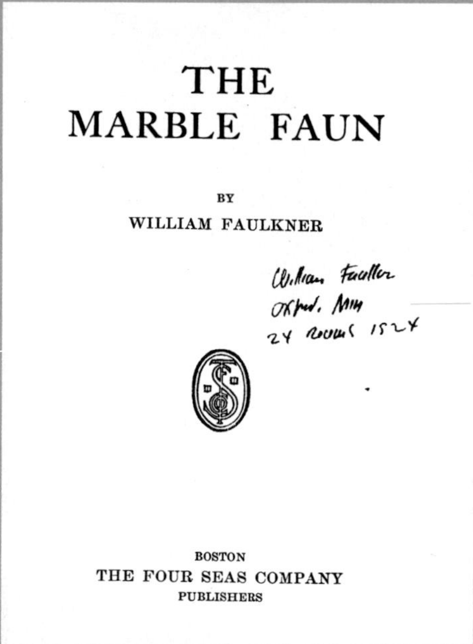
THE
MARBLE FAUN

BY
WILLIAM FAULKNER

William Faulkner
Oxford, Miss.

BOSTON
THE FOUR SEAS COMPANY
PUBLISHERS

8

**8** Page de titre du premier recueil de poèmes de Faulkner, son premier livre imprimé, publié le 15 décembre 1924 chez The Four Seas Company. Recueil de dix-neuf poèmes, préfacé et commandité par son ami Phil Stone.

**9** Frontispice pour *L'Après-Midi d'un faune* de Stéphane Mallarmé, gravure d'après un dessin d'Édouard Manet, 1876. Musée Stéphane Mallarmé, Vulaines-sur-Seine.

9

**10** Décor de Léon Bakst pour le ballet *L'après-midi d'un faune*, créé en 1912 au théâtre du Châtelet sur la musique de Claude Debussy – lui-même inspiré par le poème de Stéphane Mallarmé – et chorégraphié par Vaslav Nijinsky.

*« C'était dans les montagnes, des montagnes retirées où jamais il n'a habité beaucoup de monde. Il y avait une sorte d'atmosphère verte, froide également, et du vent. Quand il soufflait à travers les sapins, cela faisait comme un bruit d'orgue, avec dedans quelque chose de sauvage. »*

*« C'est ma peur à moi, a-t-elle dit. Un lapin. Vous ne comprenez pas ? »*

**11** Le lapin blanc d'*Alice au pays des merveilles*, de Lewis Carroll, dessin de John Tenniel (1820-1914).

*Crédits photographiques*

1, 8 : William Faulkner Collection, Special Collections Departement, University of Virginia Library. 2, 7 : Photo Cofield / Collection de Madame Jill Faulkner Summers. 3 : Photo Lueders Studio / Collection Brodsky, Center for Faulkner Studies, Southeast Missouri State University. 4, 5 : Collection Yoknapatawpha Press, Oxford. 6 : Buddy Mays/Corbis. 9, 10 : Akg-images. 11 : Bridgeman Giraudon.

Elle s'était assise sur le bord du siège ; elle ne semblait pas le moins du monde l'avoir entendu. « Ne revenez pas ! Continuez ! Continuez ! »

« Et il savait, pensa Jarrod. Assis là-bas sur son banc, il savait. Quand il a dit ce qu'il a dit, que je ne m'apercevrais pas qu'on m'avait assassiné. »

La voiture était presque arrêtée. « Continuez ! cria Louise. Continuez ! » Il la regarda. Ses yeux avaient l'air aveugles, son visage était pâle, blafard, sa bouche ouverte, crispée dans une expression d'angoisse désespérée ou plutôt de capitulation, dont, s'il eût été plus âgé, il eût compris qu'il ne la reverrait plus jamais sur aucun visage. Puis il regarda sa propre main manœuvrer le levier de changement de vitesse, son pied appuyer de nouveau sur l'accélérateur. « C'est ce qu'il a dit lui-même, pensa Jarrod : avoir peur et cependant agir. Il l'a dit lui-même : il n'y a rien d'autre au monde que d'être vivant, de savoir qu'on est vivant. »

« Plus vite ! cria Louise. Plus vite ! » La voiture se rua en avant. La maison, la vaste galerie où à présent froufroutaient les châles aux couleurs voyantes, disparurent derrière eux.

Parmi ce concours d'amples robes d'été, de vieilles respirations haletantes et de crépitant caquetage de femmes, la propriétaire était debout sur la galerie, le second billet à la main. « Mariée ? dit-elle. Mariée ? » Elle se regarda, comme si c'était une autre qu'elle-même, ouvrir le billet et le relire. Cela ne demanda pas longtemps :

*Lily:*
*Don't worry about me for a while longer. I'll sit here until supper time. Don't worry about me.*

J. M.

"Don't worry *about* me," she said. "*About* me." She went into the lobby, where the old Negro was pottering with a broom. "And Mr. Jarrod gave you this?"

"Yessum. Give it to me runnin' and tole me to git his bags into de cyar, and next I know, here Miss Louise and him whoosh! outen de drive and up de big road like a patter-roller."

"And they went toward Meridian?"

"Yessum. Right past de bench whar Doctor Jules settin'." "Married," the proprietress said. "Married." Still carrying the note, she left the house and followed the path until she came in sight of the bench on which sat a motionless figure in white.

1. Dans les années 1930, le mot nègre est d'usage courant et n'est pas encore politiquement incorrect, comme il le deviendra après la guerre, lors du mouvement des droits civiques.

2. Faulkner a donné ici une transcription phonétique et stéréotypée du langage des Noirs, alors qu'il préfère généralement indiquer par différents niveaux de langue les différences sociales ou morales (comme dans d'autres nouvelles, ou dans *Les larrons*).

*Lily,*

*Ne vous inquiétez pas à mon sujet pour le moment. Je vais rester assis ici jusqu'à l'heure du dîner. Ne vous inquiétez pas à mon sujet.*

J. M.

« Ne vous inquiétez pas *à mon sujet*, répéta-t-elle. *À mon sujet.* » Elle entra dans le hall où le vieux nègre[1] poussait négligemment un balai. « Et c'est M. Jarrod qui t'a donné cela ?

— Oui, m'dame. Y me l'a donné en courant et y m'a dit d'y mettre ses valises dans la voiture, et avant que j'aie l'temps de dire ouf v'là M'selle Louise et lui, et pfft ! y enfilent le chemin et y prennent la grand-route, qu'on aurait dit la patterouille[2].

— Et ils se dirigeaient vers Meridian ?

— Oui, m'dame. Y sont passés juste devant l'banc où l'docteur Jules il est assis. » « Mariée ! dit la propriétaire. Mariée ! » Le billet toujours à la main, elle quitta la maison et suivit l'allée jusqu'à ce qu'elle fût arrivée en vue du banc où était assise une forme blanche immobile.

Ici, le mot *patter-roller*, déformation de *patroller*, renvoie comiquement aux patrouilles motorisées (shérifs) sur les routes américaines, mais d'abord, avec cette orthographe-ci, aux redoutables patrouilles contrôlant les Noirs de nuit sur routes et chemins au temps de l'esclavage, pour vérifier qu'ils n'étaient pas en fuite, ou s'ils possédaient une autorisation écrite de leur maître.

She stopped again and re-read the note; again she looked up the path toward the bench which faced the road. Then she returned to the house. The women had now dispersed into chairs, though their voices still filled the veranda, sibilant, inextricable one from another; they ceased suddenly as the proprietress approached and entered the house again. She entered the house, walking fast. That was about an hour to sundown.

Dusk was beginning to fall when she entered the kitchen. The porter was now sitting on a chair beside the stove, talking to the cook. The proprietress stopped in the door. "Uncle Charley," she said, "Go and tell Doctor Jules supper will be ready soon."

The porter rose and left the kitchen by the side door. When he passed the veranda, the proprietress stood on the top step. She watched him go on and disappear up the path toward the bench. A woman passed and spoke to her, but she made no reply; it was as though she had not heard, watching the shubbery beyond which the Negro had disappeared. And when he reappeared, the guests on the veranda saw her

Elle s'arrêta de nouveau pour relire le billet, puis à nouveau regarda l'allée menant au banc faisant face à la route. Puis elle revint à la maison. Les femmes s'étaient maintenant dispersées sur les sièges, même si la galerie était encore emplie de leurs voix froufroutantes, impossibles à distinguer les unes des autres ; elles cessèrent soudain tandis que la propriétaire se rapprochait et pénétrait à nouveau dans la maison. Elle y entra d'un pas rapide. C'était environ une heure avant le coucher du soleil.

La nuit commençait à tomber quand elle entra dans la cuisine. À présent, le porteur était assis sur une chaise auprès du fourneau, en train de causer avec la cuisinière. La propriétaire s'arrêta à la porte. « Oncle Charley[1], dit-elle. Va dire au docteur Jules que le dîner ne va pas tarder à être prêt. »

Le porteur se leva et sortit de la cuisine par la porte de côté. Quand il passa devant la galerie, la propriétaire se tenait en haut des marches. Elle le regarda s'éloigner et disparaître dans l'allée menant au banc. Une femme passa devant et lui parla, mais elle ne répondit pas, comme si elle n'avait pas entendu, le regard fixé sur les buissons derrière lesquels le nègre avait disparu. Quand il reparut, les pensionnaires sur la galerie la virent,

1. Dans le Sud, il était courant d'appeler familièrement et affectueusement « Oncle » un homme âgé, blanc ou noir.

already in motion, descending the steps before they were even aware that the Negro was running, and they sat suddenly hushed and forward and watched her pass the Negro without stopping, her skirts lifted from her trim, school-mistress ankles and feet, and disappear up the path herself, running too. They were still sitting forward, hushed, when she too reappeared; they watched her come through the dusk and mount the porch, with on her face also a look of having seen something which she knew to be true but which she was not quite yet ready to believe. Perhaps that was why her voice was quite quiet when she addressed one of the guests by name, calling her "honey":

"Doctor Martino has just died. Will you telephone to town for me?"

déjà en mouvement, descendant les marches avant même qu'elles n'eussent remarqué que le nègre courait, et elles demeurèrent tout à coup silencieuses et aux aguets et la regardèrent passer devant le nègre sans s'arrêter, ses jupes relevées au-dessus de ses pieds et de ses maigres chevilles de maîtresse d'école, puis disparaître à son tour dans l'allée, courant elle aussi. Lorsqu'à son tour elle reparut, elles étaient toujours assises, attentives et aux aguets ; elles la regardèrent s'approcher dans le crépuscule et gravir les marches, ayant l'air également d'avoir vu quelque chose qu'elle savait être vrai mais qu'elle n'était pas encore tout à fait prête à croire. Peut-être était-ce pour cette raison que sa voix fut tout à fait calme lorsqu'elle s'adressa nommément à l'une des pensionnaires, l'appelant « ma chère » :

« Le docteur Martino vient de mourir. Voulez-vous me rendre le service de téléphoner à la ville ? »

# Black Music
# Musique noire

# I

This is about Wilfred Midgleston, fortune's favorite, chosen of the gods. For fifty-six years, a clotting of the old gutful compulsions and circumscriptions of clocks and bells, he met walking the walking image of a small, snuffy, nondescript man whom neither man nor woman had ever turned to look at twice, in the monotonous shopwindows of monotonous hard streets. Then his apotheosis soared glaring, and to him at least not brief, across the unfathomed sky above his lost earth like that of Elijah of old.

# I

Ceci est l'histoire de Wilfred Midgleston, chéri de la fortune, élu des dieux. Pendant cinquante-six ans, agrégat des antiques besoins des entrailles et des contraintes des horloges et des cloches, il s'était trouvé au cours de ses déambulations devant les monotones devantures de rues dures et monotones, face à l'image déambulante d'un petit individu quelconque, négligé, sur lequel homme ni femme ne s'était jamais retourné pour le regarder deux fois. Puis, comme jadis Élie[1], il s'était élevé en une éblouissante apothéose, et pour lui du moins non sans lendemain, à travers le ciel insondable au-dessus de la terre perdue.

1. Le prophète Élie, annonciateur de temps messianiques, fut élevé au ciel sur un char de feu mené par des chevaux de feu (II Rois, 2, 11).

I found him in Rincon, which is not large; less large even than one swaybacked tanker looming above the steel docks of the Universal Oil Company and longer than the palm- and abode-lined street paved with dust marked by splayed naked feet where the violent shade lies by day and the violent big stars by night.

"He came from the States," they told me. "Been here twenty-five years. He hasn't changed at all since the day he arrived, except that the clothes he came in have wore out and he hasn't learned more than ten words of Spanish." That was the only way you could tell that he was an old man, that he was getting along: he hadn't learned to speak hardly a word of the language of the people with whom he had lived twenty-five years and among whom it appeared that he intended to die and be buried. Appeared: he had no job: a mild, hopelessly mild man who looked like a book-keeper in a George Ade fable

1. Il existe une petite ville de ce nom sur la côte ouest de Porto Rico. Cependant, Rincon apparaît plutôt comme une invention de Faulkner, vaguement mexicaine (la frontière sud des États-Unis était celle qu'on franchissait pour échapper à la justice ou simplement se faire oublier, ce que n'aurait pas permis le statut de Porto Rico dans les années 1920-1930 : colonie dont les habitants étaient de plein droit citoyens américains). À la fois port pétrolier et trou perdu, Rincon apparaît avec la même imprécision dans une autre

Je le découvris à Rincon[1], qui n'est pas grand, moins grand même qu'un pétrolier ensellé dominant les appontements en acier de l'Universal Oil Company[2] et plus long que la rue bordée de palmiers et d'habitations, au sol poussiéreux marqué de traces de pieds nus tournés en dehors, où le jour s'imprime l'ombre violente et la nuit les grosses et violentes étoiles.

« Il est venu des États-Unis, me racontèrent-ils. Ça fait vingt-cinq ans qu'il est ici. Il n'a absolument pas changé depuis le jour qu'il est arrivé, sauf que les vêtements qu'il portait alors sont tout usés, et il n'a pas appris plus de dix mots d'espagnol. » C'était la seule façon dont on voyait qu'il était âgé, qu'il commençait à vieillir : c'est tout juste s'il avait appris un mot de la langue des gens parmi lesquels il vivait depuis vingt-cinq ans et chez qui, semblait-il, il avait l'intention de mourir et d'être enterré. Semblait-il : il n'avait pas de métier; c'était un homme doux, désespérément doux, qui avait l'air d'un comptable tout droit sorti d'une saynète de George Ade[3],

des premières nouvelles de l'auteur, « Carcassonne », dont on perçoit ici certains échos (voir la Préface).

2. Jeu sur le nom de la compagnie fondée en 1870 par J. D. Rockefeller, la Standard Oil Company.

3. Humoriste et auteur dramatique américain (1866-1944), connu pour ses satires des mœurs du Middlewest au tournant du siècle. Son humour doit beaucoup à Mark Twain, ainsi que son recours à la langue vernaculaire : on comprend que Faulkner, admirateur de Twain, l'ait remarqué.

dressed as a tramp for a Presbyterian social charade in 1890, and quite happy.

Quite happy and quite poor. "He's either poor, or he's putting up an awful front. But they can't touch him now. We told him that a long time ago, when he first come here. We said, 'Why don't you go on and spend it, enjoy it? They've probably forgot all about it by now.' Because if I went to the trouble and risk of stealing and then the hardship of having to live the rest of my life in a hole like this, I'd sure enjoy what I went to the trouble to get."

"Enjoy what?" I said.

"The money. The money he stole and had to come down here. What else do you reckon he would come down here and stay twenty-five years for? just to look at the country?"

"He doesn't act and look very rich," I said.

"That's a fact. But a fellow like that. His face. I don't guess he'd have judgment enough to steal good. And not judgment enough to keep it, after he got it stole. I guess you are right. I guess all he got out of it was the running away and the blame.

travesti en clochard pour une charade à une soirée d'église presbytérienne en 1890, et parfaitement heureux.

Parfaitement heureux et parfaitement pauvre. « Ou il est réellement pauvre, ou alors il joue vraiment bien son jeu. Mais maintenant il est trop tard pour qu'on ait quelque effet sur lui. Nous le lui avons dit il y a longtemps, dès son arrivée ici. On lui a dit : “Pourquoi vous ne vous décidez pas à le dépenser et à en profiter? C'est probable qu'ils n'y pensent plus du tout à présent.” Parce que moi, si je m'étais donné le mal de voler et en avais pris le risque pour ensuite supporter d'avoir à vivre le restant de mes jours dans un trou comme celui-ci, c'est sûr que je profiterais de ce que je me serais donné le mal de me procurer.

— Profiter de quoi? dis-je.

— De l'argent. De l'argent volé qui l'a forcé à venir ici. À votre avis, pour quoi donc il serait venu ici et y serait resté vingt-cinq ans? rien que pour regarder le paysage?

— À voir comme il vit et l'allure qu'il a, il n'a pas l'air bien riche, dis-je.

— C'est exact. Mais un type comme ça. Regardez sa figure. Je ne crois pas qu'il ait eu assez de jugeote pour voler pour de bon. Et assez pour conserver le magot après avoir réussi à le voler. Je crois que vous avez raison. Je pense que tout le profit qu'il en a tiré ça a été d'avoir à s'enfuir et d'en porter le blâme.

While somebody back there where he run from is spending the money and singing loud in the choir twice a week."

"Is that what happens?" I said.

"You're damned right it is. Some damn fellow that's too rich to afford to be caught stealing sets back and leaves a durn fool that never saw twenty-five hundred dollars before in his life at one time, pull his chestnuts for him. Twenty-five hundred seems a hell of a lot when somebody else owns it. But when you have got to pick up overnight and run a thousand miles, paying all your expenses, how long do you think twenty-five hundred will last?"

"How long did it last?" I said.

"Just about two years, by God. And then there I —" He stopped. He glared at me, who had paid for the coffee and the bread which rested upon the table between us. He glared at me. "Who do you think you are, anyway? Wm. J. Burns?"

"I don't think so. I meant no offense.

1. Est-ce de la part de l'informateur la suggestion — retenue à temps, et en contradiction avec l'affirmation de Midgleston lui-même au narrateur, quelques pages plus loin — qu'il y aurait eu vol, ce qui expliquerait sa colère subite ? Il est difficile de le dire.

Pendant qu'un autre là-bas d'où il s'est enfui est en train de dépenser le magot et de chanter à tue-tête dans la chorale deux fois par semaine.

— C'est comme ça que ça se passe ? dis-je.

— Mais bien sûr. Un foutu bonhomme qu'est trop riche pour se permettre de se faire prendre à voler, il s'écarte et il laisse un fichu imbécile qu'a jamais vu de sa vie deux mille cinq cents dollars à la fois tirer pour lui les marrons du feu. Deux mille cinq cents dollars, ça paraît un gros paquet de fric quand c'est un autre qui l'a. Mais quand du jour au lendemain il faut se faire la malle et courir sur un millier de miles avec tous les frais que ça fait, combien de temps vous croyez que ça dure, deux mille cinq cents dollars ?

— Combien de temps est-ce que ça a duré ? dis-je.

— Pas plus de deux ans, bon Dieu. Et puis voilà que je[1]... » Il se tut. Il me regarda d'un air furibond, moi qui avais payé le café et le pain qui étaient sur la table entre nous deux. « Pour qui donc est-ce que vous vous prenez, hein ? Pour William J. Burns[2] ?

— Ma foi non. Je ne voulais pas vous froisser.

2. Célèbre détective et agent secret américain (1861-1932), qui devint directeur du Bureau of Investigation en 1921, mais dut démissionner en 1924 à la suite de son implication dans un scandale financier.

I just was curious to know how long his twenty-five hundred dollars lasted him."

"Who said he had twenty-five hundred dollars? I was just citing an example. He never had nothing, not even twenty-five hundred cents. Or if he did, he hid it and it's stayed hid ever since. He come here sponging on us white men, and when we got tired of it he took to sponging on these Spigs. And a white man has got pretty low when he's got so stingy with his stealings that he will live with Spiggotties before he'll dig up his own money and live like a white man."

"Maybe he never stole any money," I said.

"What's he doing down here, then?"

"I'm down here."

"I don't know you ain't run, either."

"That's so," I said. "You don't know."

"Sure I don't. Because that's your business. Every man has got his own private affairs, and no man respects them quicker than I do. But I know that a man, a white man, has got to have durn good reason...

J'étais simplement curieux de savoir combien de temps lui avaient duré ses deux mille cinq cents dollars.

— Qui vous a dit qu'il avait deux mille cinq cents dollars ? J'ai juste donné ce chiffre-là comme un autre. Il a jamais rien eu, pas même deux mille cinq cents *cents*. Ou s'il les a eus, il les a cachés et depuis ils sont restés cachés là où ils étaient. Il est venu ici vivre à nos crochets, nous autres Blancs, et quand on en a eu assez il s'est accroché à ces métèques[1]. Et un Blanc, faut qu'il soit descendu rudement bas s'il devient tellement radin avec son fric volé qu'il en vienne à vivre avec des métèques plutôt que de déterrer son magot et de vivre comme un Blanc.

— Mais peut-être qu'il n'a jamais volé d'argent, dis-je.

— Alors qu'est-ce qu'il fabrique ici ?

— J'y suis bien, moi.

— Je sais pas si vous vous êtes pas fait la malle, vous aussi.

— C'est vrai, dis-je. Vous n'en savez rien.

— Ça c'est sûr. Mais c'est vous que ça regarde. Chacun a ses affaires à lui et il y a personne qui les respecte plus que moi. Mais je sais bien qu'un homme, un Blanc, il doit avoir pour ça une fichtrement bonne raison...

1. *Spigs* : terme d'argot méprisant pour désigner des hispanophones, parfois des Italiens. *Spiggotties* (deux lignes plus loin) : terme d'argot de même sens, courant au début du XXe siècle.

Maybe he ain't got it now. But you can't tell me a white man would come down here to live and die without no reason."

"And you consider that stealing money is the only reason?"

He looked at me, with disgust and a little contempt. "Did you bring a nurse with you? Because you ought to have, until you learn enough about human nature to travel alone. Because human nature, I don't care who he is nor how loud he sings in church, will steal whenever he thinks he can get away with it. If you ain't learned that yet, you better go back home and stay there where your folks can take care of you."

But I was watching Midgleston across the street. He was standing beside a clump of naked children playing in the shady dust: a small, snuffy man in a pair of dirty drill trousers which had not been made for him. "Whatever it is," I said, "it doesn't seem to worry him."

"Oh. Him. He ain't got sense enough to know he needs to worry about nothing."

Quite poor and quite happy. His turn to have coffee and bread with me came at last. No: that's wrong.

Peut-être qu'il a plus rien maintenant. Mais vous allez pas me faire croire qu'un Blanc il vient ici pour vivre et pour mourir sans avoir une bonne raison.

— Et vous pensez que la seule raison c'est qu'il a volé de l'argent? »

Il me regarda avec une nuance de mépris. « Vous avez amené une bonne d'enfants avec vous ? Parce que vous auriez bien dû en amener une jusqu'à ce que vous en ayez suffisamment appris sur la nature humaine pour voyager tout seul. Parce que la nature humaine, quel que soit le bonhomme et aussi fort qu'il braille à l'église, ça vole chaque fois que ça croit pouvoir s'en tirer sans se faire prendre. Si vous le savez pas encore, feriez mieux de rentrer chez vous et de rester là où votre famille pourrait s'occuper de vous. »

Mais j'observais Midgleston de l'autre côté de la rue. Il se tenait près d'un groupe d'enfants qui jouaient tout nus dans la poussière à l'ombre. C'était un petit bonhomme à l'air négligé, en pantalon de coutil malpropre qui n'était pas à sa taille. « Peu importe ce qui s'est passé, dis-je, ça n'a pas l'air de l'inquiéter.

— Oh ! lui. Il est pas assez malin pour savoir s'il doit s'inquiéter de quelque chose. »

Parfaitement pauvre et parfaitement heureux. Enfin son tour est venu de prendre avec moi un café et du pain. Non, ce n'est pas exact.

I at last succeeded in evading his other down-at-heel compatriots like my first informant; men a little soiled and usually unshaven, who were unavoidable in the cantinas and coffee shops, loud, violent, maintaining the superiority of the white race and their own sense of injustice and of outrage among the grave white teeth, the dark, courteous, fatal, speculative alien faces, and had Midgleston to breakfast with me. I had to invite him and then insist. He was on hand at the appointed hour, in the same dirty trousers, but his shirt was now white and whole and ironed, and he had shaved. He accepted the meal without servility, without diffidence, without eagerness. Yet when he raised the handleless bowl I watched his hands tremble so that for a time he could not make junction with his lips. He saw me watching his hands and he looked at my face for the first time and I saw that his eyes were the eyes of an old man. He said, with just a trace of apology for his clumsiness: "I ain't et nothing to speak of in a day or so."

"Haven't eaten in two days?" I said.

"This hot climate. A fellow don't need so much. Feels better for not eating so much.

Je finis par réussir à me débarrasser de ses autres compatriotes fauchés comme mon premier informateur — des types un peu crasseux et généralement pas rasés, que l'on rencontre inévitablement dans les *cantinas*[1] et les cafés, où à coups de gueule et de poings ils soutiennent la supériorité de la race blanche et leur sens bien à eux d'une scandaleuse injustice devant les sages dents blanches et les visages étrangers basanés, courtois, résignés et perplexes — et j'emmenai Midgleston prendre son petit déjeuner avec moi. J'avais dû l'inviter, et insister. Il fut là à l'heure dite, dans son même pantalon malpropre, mais à présent sa chemise était blanche, sans trous et repassée, et il s'était rasé. Il accepta ce repas sans servilité, sans méfiance, et sans avidité. Mais lorsqu'il souleva le bol sans anses, je remarquai que ses mains tremblaient et que pendant un instant il ne parvint pas à le porter à ses lèvres. Il vit que j'observais ses mains et pour la première fois il me regarda en face, et je m'aperçus qu'il avait des yeux de vieillard. Il dit, avec dans la voix un rien d'excuse pour sa gaucherie : « J'ai pour ainsi dire rien mangé depuis un jour ou deux.

— Rien depuis deux jours ? dis-je.

— C'est ce climat chaud. Les gens ils ont pas besoin de grand-chose. On se sent mieux quand on mange pas trop.

1. En Amérique latine, petit restaurant.

That was the hardest trouble I had when I first come here. I was always a right hearty eater back home."

"Oh," I said. I had meat brought then, he protesting. But he ate the meat, ate all of it. "Just look at me," he said. "I ain't et this much breakfast in twenty-five years. But when a fellow gets along, old habits are hard to break. No, sir. Not since I left home have I et this much for breakfast."

"Do you plan to go back home?" I said.

"I guess not; no. This suits me here. I can live simple here. Not all cluttered up with things. My own boss (I used to be an architect's draughtsman) all day long. No. I don't guess I'll go back." He looked at me. His face was intent, watchful, like that of a child about to tell something, divulge itself. "You wouldn't guess where I sleep in a hundred years."

"No. I don't expect I could. Where do you sleep?"

"I sleep in that attic over that cantina yonder. The house belongs to the Company, and Mrs. Widrington,

1. Dans « Carcassonne », la femme du directeur de la Standard Oil Company, qui laisse le poète dormir dans la soupente de l'immeuble de la compagnie pétrolière, au-dessus de la *cantina*, s'appelle Mrs. Widdrington (avec deux *d*). Voir la Préface.

C'est ce qui a été le plus dur quand je suis arrivé ici. Là-bas chez moi, j'avais toujours un bon coup de fourchette.

— Ah ! » dis-je. Je fis alors apporter de la viande, malgré ses protestations. Il n'en mangea pas moins la viande, jusqu'au bout. « Voyez comme je suis, dit-il. Voilà vingt-cinq ans que j'ai pas mangé un petit déjeuner comme celui-ci. Mais quand on arrive à un certain âge, c'est pas facile de changer ses vieilles habitudes. Non, je vous assure. Depuis que je suis parti de chez moi j'ai jamais mangé autant au petit déjeuner.

— Avez-vous l'intention de retourner chez vous ? dis-je.

— Non. Je ne pense pas. Ça me convient ici. Je peux vivre simplement ici. Sans être encombré par un tas de choses. Je suis mon maître (autrefois j'étais dessinateur chez un architecte) du matin au soir. Non, je ne pense pas que je rentrerai. » Il me regarda. Son visage avait un air résolu, attentif, comme celui d'un enfant qui va raconter quelque chose, se dévoiler. « Vous ne devineriez jamais où je couche, jamais.

— Non. Je ne vois pas comment. Où couchez-vous donc ?

— Je couche dans le grenier au-dessus de la *cantina*, là-bas. La maison appartient à la Compagnie, et Mrs. Widrington[1],

Mr. Widrington's wife, the manager's wife, she lets me sleep in the attic. It's high and quiet, except for a few rats. But when in Rome, you got to act like a Roman, I say. Only I wouldn't name this country Rome; I'd name it Ratville. But that ain't it." He watched me. "You'd never guess it in the world."

"No," I said. "I'd never guess it."

He watched me. "It's my bed."

"Your bed?"

"I told you you'd never guess it."

"No," I said. "I give up now."

"My bed is a roll of tarred roofing paper."

"A roll of what?"

"Tarred roofing paper." His face was bright, peaceful; his voice quiet, full of gleeful quiet. "At night I just unroll it and go to bed and the next a. m. I just roll it back up and lean it in the corner. And then my room is all cleaned up for the day. Ain't that fine? No sheets, no laundry, no nothing. Just roll up my whole bed like an umbrella and carry it under my arm when I want to move."

"Oh," I said. "You have no family, then."

"Not with me. No."

la femme de Mr. Widrington, le directeur, me permet de coucher dans le grenier. C'est haut et c'est tranquille, à part quelques rats. Mais quand on est à Rome, il faut vivre comme les Romains, comme je dis. Seulement je dirais pas que ce pays c'est Rome, je dirais que c'est Ratville. Mais c'est pas de ça qu'il s'agit. » Il m'observait. « Vous ne devineriez jamais.

— Non, dis-je. Je ne devinerais jamais. »

Il m'observait. « C'est mon lit.

— Votre lit ?

— Je vous ai dit que vous ne devineriez jamais.

— Non, dis-je. Je donne ma langue au chat.

— C'est un rouleau de papier goudronné pour toitures.

— Un rouleau de quoi ?

— De papier goudronné pour toitures. » Son visage était radieux, paisible, sa voix calme, empreinte d'une calme gaieté. « Le soir, je n'ai qu'à le dérouler pour me coucher et le lendemain matin je n'ai qu'à l'enrouler et à l'appuyer debout dans le coin. Et ainsi ma chambre est toute rangée pour la journée. C'est pas épatant, ça ? Pas de draps, pas de blanchissage, absolument rien. Juste à rouler mon lit tout entier comme un parapluie et à l'emporter sous mon bras quand je veux déménager.

— Ah ! dis-je. Vous n'avez donc pas de famille ?

— Pas ici, non.

"You have a family back home, then?"

He was quite quiet. He did not feign to be occupied with something on the table. Neither did his eyes go blank, though he mused peacefully for a moment. "Yes. I have a wife back home. Likely this climate wouldn't suit her. She wouldn't like it here. But she is all right. I always kept my insurance paid up; I carried a right smart more than you would figure a architect's draughtsman on a seventy-five-dollar salary would keep up. If I told you the amount, you would be surprised. She helped me to save; she is a good woman. So she's got that. She earned it. And besides, I don't need money."

"So you don't plan to go back home."

"No," he said. He watched me; again his expression was that of a child about to tell on itself. "You see, I done something."

"Oh. I see."

He talked quietly: "It ain't what you think. Not what them others—" he jerked his head, a brief embracing gesture—"think. I never stole any money. Like I always told Martha—she is my wife; Mrs. Midgleston—

— Alors vous avez une famille là-bas chez vous ? »

Il demeura tout à fait silencieux. Il ne fit même pas semblant de faire attention à quelque chose sur la table. Il ne regardait pas non plus dans le vague, mais il demeura songeur et calme pendant un moment. « Oui, j'ai une femme là-bas chez moi. Ce climat ne lui conviendrait probablement pas. Elle ne se plairait pas ici. Mais elle a ce qu'il faut. J'ai toujours pris soin de payer mon assurance ; je mettais de côté plus qu'on ne s'y attendrait de la part d'un dessinateur d'architecte à soixante-quinze dollars par mois. Si je vous disais la somme, vous n'en reviendriez pas. C'est elle qui m'a aidé à économiser ; c'est une bonne femme. Donc elle a ça. Elle l'a mérité. Et de plus, je n'ai pas besoin d'argent.

— Alors, vous n'avez pas l'intention de retourner chez vous.

— Non », dit-il. Il me regardait avec attention, de nouveau avec l'expression d'un enfant qui va faire un aveu. « Voyez-vous, j'ai fait quelque chose.

— Ah ! Je vois. »

Il parla avec calme : « C'est pas ce que vous pensez. Pas ce que ces gens — il fit de la tête un rapide mouvement qui les comprenait tous — pensent. Je n'ai jamais volé d'argent. Comme je le disais toujours à Martha — c'est ma femme, Mrs. Midgleston —,

money is too easy to earn to risk the bother of trying to steal it. All you got to do is work. 'Have we ever suffered for it?' I said to her. 'Of course, we don't live like some. But some is born for one thing and some is born for another thing. And the fellow that is born a tadpole, when he tries to be a salmon all he is going to be is a sucker.' That's what I would tell her. And she done her part and we got along right well; if I told you how much life insurance I carried, you would be surprised. No; she ain't suffered any. Don't you think that."

"No," I said.

"But then I done something. Yes, sir."

"Did what? Can you tell?"

"Something. Something that ain't in the lot and plan for mortal human man to do."

"What was it you did?"

He looked at me. "I ain't afraid to tell. I ain't never been afraid to tell. It was just that these folks—" again he jerked his head slightly—"wouldn't have understood. Wouldn't have knowed what I was talking about. But you will. You'll know." He watched my face. "At one time in my life I was a farn."

"A farn?"

"Farn. Don't you remember in the old books

l'argent est trop facile à gagner pour qu'on prenne même la peine d'essayer de le voler. Il suffit de travailler. "Est-ce que nous en avons jamais souffert ? lui disais-je. Bien sûr, nous ne vivons pas comme certains. Mais certains sont nés pour une chose et certains pour une autre. Et quand on est né têtard et qu'on essaie de faire le saumon on n'arrive qu'à être une loche." C'est ce que je lui disais. Elle a pris sa part et on s'en tirait très bien ; si je vous disais à combien se monte mon assurance sur la vie, vous seriez étonné. Non, elle n'a souffert en rien. N'allez pas croire ça.

— Non, dis-je.

— Mais ensuite j'ai fait quelque chose. Oui, m'sieur.

— Vous avez fait quoi ? Vous pouvez me le dire ?

— Quelque chose. Quelque chose qui n'est ni le lot ni le destin d'un simple mortel.

— Qu'est-ce que vous avez fait ? »

Il me regarda. « J'ai pas peur de le dire. J'ai jamais eu peur de le dire. C'était simplement que ces gens — il eut à nouveau un léger hochement de tête — n'auraient pas compris ; n'auraient pas su de quoi je parlais. Mais vous, oui. Vous allez le savoir. » Il observait mon visage. « À un moment de ma vie, j'ai été un faon.

— Un faon ?

— Oui, un faon. Vous ne vous rappelez donc pas, dans les livres d'autrefois,

where they would drink the red grape wine, how now and then them rich Roman and Greek senators would up and decide to tear up a old grape vineyard or a wood away off somewheres the gods used, and build a summer house to hold their frolics in where the police wouldn't hear them, and how the gods wouldn't hear them, and how the gods wouldn't like it about them married women running around nekkid, and so the woods god named—named—"

"Pan," I said.

"That's it. Pan. And he would send them little fellows that was half a goat to scare them out—"

"Oh," I said. "A faun."

"That's it. A farn. That's what I was once. I was raised religious; I have never used tobacco or liquor; and I don't think now that I am going to hell. But the Bible says that them little men were myths. But I know they ain't, and so I have been something outside the lot and plan for mortal human man to be. Because for one day in my life I was a farn."

## II

In the office where Midgleston was a draughtsman

quand ils buvaient le jus rouge du raisin, comment de temps en temps ces riches sénateurs romains ou grecs décidaient tout à coup d'arracher une vieille vigne ou un bois dans un endroit où les dieux avaient leurs habitudes et d'y bâtir une maison d'été pour y batifoler là où la police ne les entendrait pas, et comment les dieux ne voulaient rien savoir et que ça ne leur plaisait pas de voir des femmes mariées courir toutes nues partout, et alors le dieu des bois qui s'appelle... qui s'appelle...

— Pan, dis-je.

— C'est ça. Pan. Et il leur envoyait ces petits bonshommes qu'étaient à moitié boucs pour leur ficher la trouille...

— Ah ! dis-je. Un faune ?

— C'est ça. Un faon. C'est ce que j'ai été autrefois. J'ai été élevé dans la religion, je n'ai jamais touché ni au tabac ni à l'alcool, et à présent je ne crois pas que je vais aller en enfer. Mais la Bible dit que ces petits bonshommes étaient des mythes. Mais moi je sais bien que non, et donc j'ai été quelque chose qui n'est ni le lot ni le destin d'un simple mortel. Parce que pendant un jour de ma vie j'ai été un faon. »

## II

Dans le bureau où Midgleston travaillait comme dessinateur,

they would discuss the place and Mrs. Van Dyming's unique designs upon it while they were manufacturing the plans, the blue prints. The tract consisted of a meadow, a southern hillside where grapes grew, and a woodland. "Good land, they said. But wouldn't anybody live on it."

"Why not?" I said.

"Because things happened on it. They told how a long time ago a New England fellow settled on it and cleaned up the grape vines to market the grapes. Going to make jelly or something. He made a good crop, but when time came to gather them, he couldn't gather them."

"Why couldn't he gather them?"

"Because his leg was broke. He had some goats, and a old ram that he couldn't keep out of the grape lot. He tried every way he knew, but he couldn't keep the ram out. And when the man went in to gather the grapes to make jelly, the ram ran over him and knocked him down and broke his leg. So the next spring the New England fellow moved away.

on discutait de la propriété et du projet extraordinaire qu'entretenait Mrs. Van Dyming tout en dressant les plans, les bleus. Le domaine comprenait une prairie, la pente d'un coteau exposé au sud où poussait de la vigne, et un bois. « Bonne terre, disait-on. Mais personne ne voulait y habiter.

— Pourquoi cela ? demandai-je.

— Parce qu'il y était arrivé de drôles de choses. On racontait qu'il y avait bien longtemps un type de la Nouvelle-Angleterre s'y était établi et avait débroussaillé les vignes dans l'intention de faire commerce de raisins. Il voulait fabriquer de la gelée[1] ou je ne sais quoi. Il avait une bonne récolte, mais quand est venu le temps de la vendange, il lui a été impossible de la faire.

— Mais pourquoi ?

— Parce qu'il avait la jambe cassée. Il possédait quelques chèvres, et un vieux bouc qu'il ne pouvait pas empêcher d'aller dans la vigne. Il avait essayé de toutes les façons, mais impossible d'empêcher le bouc d'y entrer. Et lorsque l'homme est allé dans la vigne vendanger le raisin pour faire de la gelée, le bouc s'est précipité sur lui, l'a renversé et lui a cassé la jambe. Alors, au printemps suivant, le type de la Nouvelle-Angleterre est parti s'installer ailleurs.

1. La gelée de raisin est une production traditionnelle aux États-Unis (des générations d'écoliers américains ont déjeuné de sandwiches au beurre de cacahuète et à la gelée de raisin).

"And they told about another man, a I-talian lived the other side of the woods. He would gather the grapes and make wine out of them, and he built up a good wine trade. After a while his trade got so good that he had more trade than he did wine. So he began to doctor the wine up with water and alcohol, and he was getting rich. At first he used a horse and wagon to bring the grapes home on his private road through the woods, but he got rich and he bought a truck, and he doctored the wine a little more and he got richer and he bought a bigger truck. And one night a storm come up while he was away from home, gathering the grapes, and he didn't get home that night. The next a. m. his wife found him. That big truck had skidded off the road and turned over and he was dead under it."

"I don't see how that reflected on the place," I said.

"All right. I'm just telling it. The neighbor folks thought different, anyway. But maybe that was because they were not anything but country folks. Anyway, none of them would live on it, and so Mr. Van Dyming bought it cheap. For Mrs. Van Dyming. To play with. Even before we had the plans finished,

« On parlait aussi d'un autre homme, un Rital qui habitait de l'autre côté des bois. Il récoltait les raisins pour en faire du vin, et il avait monté un commerce prospère. Au bout d'un certain temps, le commerce est devenu si prospère qu'il avait plus de commandes qu'il ne faisait de vin. Alors il s'est mis à trafiquer le vin avec de l'eau et de l'alcool, et il s'est enrichi. Il avait tout d'abord utilisé un cheval et une charrette pour transporter le raisin chez lui par son chemin privé à travers les bois, mais il s'est enrichi et il a acheté un camion, et il a trafiqué le vin un peu plus et il est devenu encore plus riche et il a acheté un camion encore plus gros. Et un soir un orage est arrivé tandis qu'il était loin de chez lui en train de vendanger son raisin, et ce soir-là il n'est pas rentré chez lui. Sa femme l'a découvert le lendemain matin. Le gros camion avait dérapé, était sorti du chemin, s'était retourné et il était dessous, mort.

— Je ne vois pas pourquoi cela a pu donner à la propriété une mauvaise réputation.

— C'est juste. Je ne fais que raconter l'histoire. En tout cas les gens du voisinage ont pensé différemment. Mais peut-être était-ce parce qu'ils n'étaient que des gens de la campagne. En tout cas aucun d'eux ne voulait y habiter, et Mr. Van Dyming ne l'a pas achetée cher. Pour Mrs. Van Dyming. Pour qu'elle en fasse son jouet. Avant même qu'on ait achevé les plans,

she would take a special trainload of them down there to look at it, and not even a cabin on the place then, not nothing but the woods and that meadow growed up in grass tall as a man, and that hillside where them grapes grew tangled. But she would stand there, with them other rich Park Avenue folks, showing them how here would be the community house built to look like the Coliseum and the community garage yonder made to look like it was a Acropolis, and how the grape vine would be grubbed up entire and the hillside terraced to make a outdoors theatre where they could act in one another's plays; and how the meadow would be a lake with one of them Roman barges towed back and forth on it by a gas engine, with mattresses and things for them to lay down on while they et."

"What did Mr. Van Dyming say about all this?"

"I don't reckon he said anything. He was married to her, you know. He just says, one time, 'Now, Mattie—' and she turns on him, right there in the office, before us all, and says, 'Don't you call me Mattie.'" He was quiet for a time. Then he said:

elle amenait jusque là-bas des gens par train spécial pour regarder les lieux et il n'y avait encore même pas une cabane sur la propriété, rien que les bois et cette prairie où l'herbe s'élevait à hauteur d'homme, et ce coteau où la vigne poussait à l'état sauvage. Mais elle, elle était là plantée, avec tous ces richards de Park Avenue[1], à leur montrer où serait construite la grande habitation pour tout ce monde, qui ressemblerait au Colisée, et plus loin le garage pour tout ce monde, qui ressemblerait à l'Acropole, et comment la vigne serait complètement arrachée et le coteau converti en gradins pour faire un théâtre de plein air où ils pourraient jouer un rôle dans les pièces les uns des autres; et comment la prairie deviendrait un lac, avec une de ces péniches romaines qui y ferait des va-et-vient mue par un moteur à essence, avec des matelas et tout le tralala pour qu'ils puissent manger couchés.

— Et qu'est-ce que Mr. Van Dyming disait de tout cela?

— Je crois qu'il ne disait rien. Il était son mari, vous comprenez. Il a simplement dit un jour : "Voyons, Mattie..." et elle s'est tournée vers lui dans le bureau ici même, devant nous tous, et elle lui a dit : "Ne m'appelle pas Mattie." » Il s'est tu pendant quelques instants. Et puis il a dit :

1. Une des plus belles, et plus chères, avenues au cœur de Manhattan.

"She wasn't born on Park Avenue. Nor Westchester neither. She was born in Poughkeepsie. Her name was Lumpkin.

"But you wouldn't know it, now. When her picture would be in the paper with all them Van Dyming diamonds, it wouldn't say how Mrs. Carleton Van Dyming used to be Miss Mathilda Lumpkin of Poughkeepsie. No, sir. Even a newspaper wouldn't dared say that to her. And I reckon Mr. Van Dyming never either, unless he forgot like the day in the office. So she says, 'Don't you call me Mattie' and he hushed and he just stood there —a little man; he looked kind of like me, they said —tapping one of them little highprice cigars on his glove, with his face looking like he had thought about smiling a little and then he decided it wasn't even any use in that.

"They built the house first. It was right nice; Mr. Van Dyming planned it. I guess maybe he said more than just Mattie that time. And I guess that maybe Mrs. Van Dyming never said, 'Don't you call me Mattie' that time.

1. L'un des comtés les plus riches de l'État de New York. Situé juste au nord de la ville de New York, entre l'Hudson et le détroit de Long Island, il est habité par de vieilles familles à la fortune établie de longue date (« *old money* » : voir les romans d'Edith Wharton), notamment par d'aristocratiques familles d'origine hollandaise.

« Elle n'est pas née dans Park Avenue. Ni dans le comté de Westchester[1] non plus. Elle est née à Poughkeepsie[2]. Elle s'appelait Lumpkin[3].

« Mais à présent on ne l'aurait pas dit. Quand sa photo paraissait dans le journal et qu'elle portait tous ces diamants Van Dyming, on ne disait pas que Mrs. Carleton Van Dyming s'appelait autrefois Miss Mathilda Lumpkin, de Poughkeepsie. Non, m'sieur. Même un journal n'aurait pas osé dire ça en face d'elle. Ni Mr. Van Dyming, à mon avis, sauf quand il s'oubliait comme ce jour-là au bureau. Donc elle a dit : “Ne m'appelle pas Mattie” et lui il s'est tu et il est resté planté là — un petit homme, qui me ressemblait un peu, à ce qu'on disait — à tapoter sur son gant un de ces petits cigares très chers, l'air d'avoir pensé à sourire légèrement et puis de s'être avisé que cela ne servirait même à rien.

« On a d'abord construit la maison. Elle était tout ce qu'il y a de bien ; c'était Mr. Van Dyming qui avait fait les plans. J'imagine que cette fois-là il a dû dire quelque chose de plus que simplement Mattie. Et j'imagine que cette fois-là Mrs. Van Dyming n'a pas dit : “Ne m'appelle pas Mattie.”

2. Petite ville ouvrière et provinciale, chef-lieu du comté de Dutchess, à environ soixante-dix miles au nord de New York.

3. Dans *Lumpkin*, on entend *lump* (masse, motte, protubérance), *bumpkin* (rustre, péquenot) et *pumpkin* (citrouille), avec peut-être une lointaine et ironique allusion à Cendrillon. Mattie est la seule Lumpkin dans l'œuvre de Faulkner.

Maybe he promised her he wouldn't interfere with the rest of it. Anyway, the house was right nice. It was on the hill, kind of in the edge of the woods. It was logs. But it wasn't too much logs. It belonged there, fitted. Logs where logs ought to be, and good city bricks and planks where logs ought not to be. It was there. Belonged there. It was all right. Not to make anybody mad. Can you see what I mean?"

"Yes. I think I can see what you mean."

"But the rest of it he never interfered with; her and her Acropolises and all." He looked at me quite intently. "Sometimes I thought..."

"What? Thought what?"

"I told you him and me were the same size, looked kind of alike." He watched me. "Like we could have talked, for all of him and his Park Avenue clothes and his banks and his railroads, and me a seventy-five a week draughtsman living in Brooklyn, and not young neither. Like I could have said to him what was in my mind at any time, and he could have said to me what was in his mind at any time, and we would have understood one another. That's why sometimes I thought..." He looked at me, intently,

Il lui a sans doute promis de ne pas se mêler du reste. Quoi qu'il en soit, la maison était vraiment bien. Elle était sur la colline, pas loin de la lisière des bois. Elle était faite en rondins. Mais il n'y en avait pas de trop. Elle convenait à cet endroit, y était bien intégrée. Des rondins là où il devait y en avoir, et de bonnes vieilles briques et planches comme à la ville là où les rondins n'avaient rien à faire. Elle était là. Bien intégrée. C'était bien. Personne que ça pouvait choquer. Vous voyez ce que je veux dire ?

— Oui. Je crois voir ce que vous voulez dire.

— Mais pour le reste il ne s'en est jamais mêlé, elle et ses Acropoles et tout le tralala. » Il me regarda avec insistance. « Il m'est quelquefois arrivé de penser...

— Quoi donc ? Il vous est arrivé de penser quoi ?

— Je vous ai dit que lui et moi nous avions la même taille, avec une certaine ressemblance. » Il m'observait. « Comme si on pouvait s'entendre, malgré tout ce que lui il était avec ses vêtements de Park Avenue et ses banques et ses chemins de fer, et moi un dessinateur à soixante-quinze dollars par semaine habitant Brooklyn, et plus si jeune. Comme si à n'importe quel moment j'avais pu lui dire ce qui me trottait dans la tête, et que c'était pareil pour lui, et on se serait compris. C'est pourquoi je me suis quelquefois demandé... » Il posait sur moi un regard attentif,

not groping exactly. "Sometimes men have more sense than women. They know what to leave be, and women don't always know that. He don't need to be religious in the right sense or religious in the wrong sense. Nor religious at all." He looked at me, intently. After a while he said, in a decisive tone, a tone of decisive irrevocation: "This will seem silly to you."

"No. Of course not. Of course it won't."

He looked at me. Then he looked away. "No. It will just sound silly. Just take up your time."

"No. I swear it won't. I want to hear it. I am not a man who believes that people have learned everything." He watched me. "It has taken a million years to make what is, they tell us," I said. "And a man can be made and worn out and buried in threescore and ten. So how can a man be expected to know even enough to doubt?"

"That's right," he said. "That's sure right."

"What was it you sometimes thought?"

"Sometimes I thought that, if it hadn't been me,

pas vraiment empreint d'indécision. « Les hommes ont quelquefois plus de bon sens que les femmes. Ils savent de quoi il vaut mieux ne pas se mêler, les femmes pas toujours. L'homme, il a pas besoin d'être religieux au bon sens du terme, ni religieux au mauvais sens. Ni même religieux du tout. » Il me regardait attentivement. Au bout d'un instant, il dit d'un ton décisif, un ton d'irrévocable décision : « Cela va vous paraître idiot.

— Mais non, mais non, bien sûr que non. »

Il me regarda. Puis il détourna les yeux. « Non. Ça va vous paraître tout simplement idiot. Ça va seulement vous faire perdre votre temps.

— Non. Je vous jure que non. J'ai envie de savoir. Je ne suis pas de ces hommes qui croient que les gens n'ont plus rien à apprendre. » Il m'observait. « D'après ce qu'on nous dit, il a fallu des millions d'années pour faire le monde comme il est, dis-je. Et en soixante-dix ans[1] un homme il peut être fabriqué, usé et enterré. Alors comment peut-on s'attendre à en connaître même assez pour douter ?

— Vous avez raison, dit-il. Vous avez fichtrement raison.

— Qu'est-ce donc qu'il vous est quelquefois arrivé de penser ?

— Il m'est quelquefois arrivé de penser que, si ce n'avait pas été de moi qu'ils s'étaient servis,

1. Voir Psaumes, 90,10.

they would have used him. Used Mr. Van Dyming like they used me."

"They?" We looked at one another, quite sober, quite quiet.

"Yes. The ones that used that ram on that New England fellow, and that storm on that I-talian."

"Oh. Would have used Mr. Van Dyming in your place, if you had not been there at the time. How did they use you?"

"That's what I am going to tell. How I was chosen and used. I did not know that I had been chosen. But I was chosen to do something beyond the lot and plan for mortal human man. It was the day that Mr. Carter (he was the boss, the architect) got the hurryup message from Mrs. Van Dyming. I think I told you the house was already built, and there was a big party of them down there where they could watch the workmen building the Coliseums and the Acropolises. So the hurryup call came. She wanted the plans for the theatre, the one that was to be on the hillside where the grapes grew. She was going to build it first, so the company could set and watch them building the Acropolises and Coliseums. She had already begun to grub up the grape vines,

ç'aurait été de lui. Servis de Mr. Van Dyming comme ils se sont servis de moi.

— Ils ? » Nous nous sommes regardés, avec gravité, avec calme.

« Oui. Ceux qui se sont servis de ce bouc contre l'homme de la Nouvelle-Angleterre, et de cet orage contre ce Rital.

— Ah ! Ils se seraient servis de Mr. Van Dyming au lieu de vous, si vous ne vous étiez pas trouvé là à ce moment. Comment est-ce qu'ils se sont servis de vous ?

— C'est ce que je vais vous raconter. Comment on m'a choisi et on s'est servi de moi. Je ne savais pas qu'on m'avait choisi. Mais je l'ai été pour faire quelque chose qui dépassait le lot et le destin d'un simple mortel. C'était le jour où Mr. Carter (le patron, l'architecte) a reçu de Mrs. Van Dyming un message urgent. Je vous ai dit, je crois, que la maison était déjà construite, et il y avait toute une bande de gens là-bas à regarder les ouvriers construire les Colisées et les Acropoles. C'est alors qu'est arrivé le message urgent. Mrs. Van Dyming voulait les plans du théâtre, celui qui devait être sur le versant du coteau où poussait la vigne. Elle avait l'intention de le faire construire en premier pour que ses amis puissent s'installer à regarder bâtir les Acropoles et les Colisées. Elle avait déjà commencé de faire arracher les vignes,

and Mr. Carter put the theatre prints in a portfolio and give me the weekend off to take them down there to her."

"Where was the place?"

"I don't know. It was in the mountains, the quiet mountains where never many lived. It was a kind of green air, chilly too, and a wind. When it blew through them pines it sounded kind of like a organ, only it didn't sound tame like a organ. Not tame; that's how it sounded. But I don't know where it was. Mr. Carter had the ticket all ready and he said it would be somebody to meet me when the train stopped.

"So I telephoned Martha and I went home to get ready. When I got home, she had my Sunday suit all pressed and my shoes shined. I didn't see any use in that, since I was just going to take the plans and come back. But Martha said how I had told her it was company there. 'And you are going to look as nice as any of them,' she says. 'For all they are rich and get into the papers. You're just as good as they are.' That was the last thing she said when I got on the train, in my Sunday suit, with the portfolio: 'You're just as good as they are, even if they do get into the papers.' And then it started."

et Mr. Carter a mis les bleus du théâtre dans un carton et il m'a donné le week-end pour les lui porter là-bas.

— Où était la propriété ?

— Je ne sais pas. C'était dans les montagnes, des montagnes retirées où jamais il n'a habité beaucoup de monde. Il y avait une sorte d'atmosphère verte, froide également, et du vent. Quand il soufflait à travers les sapins, cela faisait comme un bruit d'orgue, avec dedans quelque chose de sauvage. Sauvage : c'est le bruit que ça faisait. Mais je ne sais pas où c'était. Mr. Carter m'avait pris mon billet et il m'a dit qu'il y aurait quelqu'un qui m'attendrait à l'arrivée du train.

« J'ai donc téléphoné à Martha et je suis rentré à la maison pour me préparer. Quand je suis arrivé chez moi, elle avait déjà repassé mon costume du dimanche et astiqué mes chaussures. Je ne voyais pas à quoi ça servait, puisque je devais simplement aller porter les plans et revenir. Mais Martha m'a dit que je lui avais parlé de tout le beau monde qu'il y avait là-bas. "Et il faut que tu sois aussi chic qu'aucun d'entre eux, dit-elle. Même s'ils sont riches et qu'on parle d'eux dans les journaux. Tu vaux tout autant qu'eux." C'est la dernière chose qu'elle m'a dite quand je suis monté dans le train avec mon costume du dimanche et le carton où étaient les plans. "Tu vaux tout autant qu'eux, même si on parle d'eux dans les journaux." Et alors, ça a démarré.

"What started? The train?"

"No. It. The train had been running already a good while; we were out in the country now. I didn't know then that I had been chosen. I was just setting there in the train, with the portfolio on my knees where I could take care of it. Even when I went back to the ice water I didn't know that I had been chosen. I carried the portfolio with me and I was standing there, looking out the window and drinking out of the little paper cup. There was a bank running along by the train then, with a white fence on it, and I could see animals inside the fence, but the train was going too fast to tell what kind of animals they were.

"So I had filled the cup again and I was drinking, looking out at the bank and the fence and the animals inside the fence, when all of a sudden it felt like I had been thrown off the earth. I could see the bank and the fence go whirling away. And then I saw it. And just as I saw it, it was like it had kind of exploded inside my head. Do you know what it was I saw?"

"What was it you saw?"

He watched me. "I saw a face. In the air, looking at me across that white fence on top of the bank. It was not a man's face, because it had horns, and it was not a goat's face

— Qu'est-ce qui a démarré ? Le train ?

— Non. La chose. Le train roulait déjà depuis un bon moment, on était maintenant en pleine campagne. Je ne savais pas alors que j'avais été choisi. J'étais simplement assis dans le train, avec le carton sur les genoux de façon à pouvoir y faire attention. Même quand je suis allé chercher de l'eau glacée, je ne savais pas que j'avais été choisi. J'ai emporté le carton avec moi, et je suis resté planté là, à regarder par la fenêtre tout en buvant dans le petit gobelet de papier. Il y avait à ce moment-là en bordure de la voie un talus surmonté d'une palissade, et de l'autre côté j'apercevais des animaux, mais le train allait trop vite pour que je puisse dire de quelle espèce ils étaient.

« J'avais donc rempli le gobelet une seconde fois et j'étais en train de boire, tout en regardant le talus, la palissade, et les animaux de l'autre côté, quand tout à coup j'ai eu la sensation d'être arraché de terre. J'ai vu le talus et la palissade disparaître dans un tourbillon. Et puis je l'ai vu. Et juste au moment où je l'ai vu, ça a fait dans ma tête comme une explosion. Vous savez ce que j'ai vu ?

— Qu'est-ce que c'était ? »

Il m'observait. « J'ai vu un visage. En l'air, et qui me regardait depuis l'autre côté de la palissade sur le haut du talus. Ce n'était pas un visage humain, car il avait des cornes, et ce n'était pas une figure de chèvre,

because it had a beard and it was looking at me with eyes like a man and its mouth was open like it was saying something to me when it exploded inside my head."

"Yes. And then what? What did you do next?"

"You are saying 'He saw a goat inside that fence.' I know. But I didn't ask you to believe. Remember that. Because I am twenty-five years past bothering if folks believe me or not. That's enough for me. And I guess that's all anything amounts to."

"Yes," I said. "What did you do then?"

"Then I was laying down, with my face all wet and my mouth and throat feeling like it was on fire. The man was just taking the bottle away from my mouth (there were two men there, and the porter and the conductor) and I tried to sit up. 'That's whiskey in that bottle,' I said.

"'Why, sure not, doc,' the man said. 'You know I wouldn't be giving whiskey to a man like you. Anybody could tell by looking at you that you never took a drink in your life.

car il avait une barbe et il me regardait avec des yeux comme ceux d'un homme et il avait la bouche ouverte comme pour me dire quelque chose et c'est à ce moment qu'il y a eu cette explosion dans ma tête.

— Oui. Et alors ? Qu'est-ce que vous avez fait ensuite ?

— Vous êtes en train de vous dire "C'est une chèvre qu'il a vue derrière la palissade". Je le sais bien. Mais je ne vous ai pas demandé de me croire. N'oubliez pas ça. Car cela fait vingt-cinq ans que ça m'est égal de savoir si les gens me croient ou non. Ça ne m'intéresse plus. Et je pense qu'il y a rien de plus à en dire.

— Oui, dis-je. Qu'est-ce que vous avez fait ensuite ?

— Ensuite j'étais étendu par terre, le visage tout mouillé, avec la sensation d'avoir la bouche et la gorge en feu. L'homme venait d'écarter la bouteille de ma bouche (il y avait là deux hommes, plus l'employé du wagon et le contrôleur) et j'ai essayé de m'asseoir. "C'est du whisky que vous avez dans cette bouteille ? ai-je dit.

« — Mais bien sûr que non, doc[1], a dit l'homme. Vous savez bien que je ne donnerais jamais de whisky à un homme comme vous. Il n'y a pas besoin de vous regarder deux fois pour voir que vous n'avez jamais pris un verre de votre vie.

1. Abréviation de « docteur » : manière à la fois familière et déférente, parfois ironique, de s'adresser à un homme.

Did you?' I told him I hadn't. 'Sure you haven't,' he said. 'A man could tell by the way it took that curve to throw you down that you belonged to the ladies' temperance. You sure took a bust on the head, though. How do you feel now? Here, take another little shot of this tonic.'

"'I think that's whiskey,' I said.

"And was it whiskey?"

"I dont know. I have forgotten. Maybe I knew then. Maybe I knew what it was when I took another dose of it. But that didn't matter, because it had already started then."

"The whiskey had already started?"

"No. It. It was stronger than whiskey. Like it was drinking out of the bottle and not me. Because the men held the bottle up and looked at it and said, 'You sure drink it like it ain't whiskey, anyway. You'll sure know soon if it is or not, won't you?'

"When the train stopped where the ticket said, it was all green, the light was, and the mountains.

1. Les ligues de tempérance, particulièrement les nombreuses associations féminines (la plus connue étant la Women's Christian Temperance Union, fondée en 1880), ont été très actives tout au

Pas vrai ?" Je lui ai dit que c'était exact. "Ça saute aux yeux, a-t-il dit. Rien qu'à la façon dont ce tournant vous a fichu par terre, n'importe qui verrait que vous faites partie d'une ligue féminine de tempérance[1]. Mais vous avez reçu un sacré coup sur la tête, hein. Comment est-ce que vous vous sentez maintenant ? Tenez, prenez encore un petit coup de ce remontant.

« — Ça m'a tout l'air d'être du whisky", ai-je dit.

— Et est-ce que c'en était ?

— Je ne sais pas. J'ai oublié. Je l'ai peut-être su à ce moment-là. J'ai peut-être su ce que c'était quand j'en ai bu la seconde fois. Mais ça n'avait pas d'importance, parce qu'à ce moment-là la chose avait déjà commencé.

— Vous parlez du whisky ?

— Non. La chose. C'était plus fort que du whisky. Comme si c'était elle qui buvait à la bouteille au lieu de moi. Car les hommes ont levé la bouteille et l'ont regardée en disant : "En tout cas vous sifflez ça comme si c'était pas du whisky. Vous allez pas tarder à savoir si c'en est ou non, pas vrai ?"

« Quand le train s'est arrêté à l'endroit indiqué sur le billet, tout était vert, la lumière et les montagnes.

long du XIX^e siècle et au début du XX^e, pour aboutir à la Prohibition (1919-1933). Comme *Sanctuaire* trois ans plus tard, « Musique noire » a été écrite pendant la Prohibition.

The wagon was there, and the two men when they helped me down from the train and handed me the portfolio, and I stood there and I said, 'Let her rip.' That's what I said: 'Let her rip'; and the two men looking at me like you are looking at me."

"How looking at you?"

"Yes. But you dont have to believe. And I told them to wait while I got the whistle—"

"Whistle?"

"There was a store there, too. The store and the depot, and then the mountains and the green cold without any sun, and the dust kind of pale looking where the wagon was standing. Then we—"

"But the whistle," I said.

"I bought it in the store. It was a tin one, with holes in it. I couldn't seem to get the hang of it. So I threw the portfolio into the wagon and I said, 'Let her rip.' That was what I said. One of them took the portfolio out of the wagon and gave it back to me and said, 'Say, doc, ain't this valuable?' and I took it and threw it back into the wagon and I said, 'Let her rip.'

"We all rode on the seat together, me in the middle. We sung. It was cold,

La voiture était là ainsi que les deux hommes quand on m'a aidé à descendre du train et qu'on m'a tendu le carton avec les plans, et je suis resté planté là à dire “Allez, on file” C'est ça que j'ai dit : “Allez, on file”; et les deux hommes me regardaient tout comme vous êtes en train de me regarder.

— Qu'est-ce que vous voulez dire ?

— Oui. Mais vous n'êtes pas obligé de me croire. Et je leur ai dit d'attendre que j'aie acheté le sifflet...

— Le sifflet ?

— Il y avait aussi un magasin à cet endroit. Le magasin et la gare, et puis les montagnes et le froid vert sans soleil, et la poussière qui paraissait blanche là où stationnait la voiture. Alors nous...

— Mais le sifflet ? ai-je dit.

— Je l'ai acheté dans le magasin. Il était en fer-blanc avec des trous[1]. Je n'arrivais pas à en tirer quelque chose. Alors j'ai lancé le carton dans la voiture et j'ai dit : “Allez, on file.” C'est ce que j'ai dit. L'un d'eux a pris le carton dans la voiture et me l'a rendu en disant : “Eh, doc, c'est précieux, ça ?” et je l'ai pris et je l'ai lancé à nouveau dans la voiture en disant “Allez, on file”.

« Nous sommes tous montés sur le siège, moi au milieu. On s'est mis à chanter. Il faisait froid.

1. Sa flûte de Pan, accessoire obligé du faune que Midgleston est devenu au moment où tout a explosé dans sa tête.

and we went along the river, singing, and came to the mill and stopped. While one of them went inside the mill I began to take off my clothes—"

"Take off your clothes?"

"Yes. My Sunday suit. Taking them off and throwing them right down in the dust, by gummy."

"Wasn't it cold?"

"Yes. It was cold. Yes. When I took off my clothes I could feel the cold on me. Then the one came back from the mill with a jug and we drank out of the jug—"

"What was in the jug?"

"I dont know. I dont remember. It wasn't whiskey. I could tell by the way it looked. It was clear like water."

"Couldn't you tell by the smell?"

"I dont smell, you see. I dont know what they call it. But ever since I was a child, I couldn't smell some things. They say that's why I have stayed down here for twenty-five years.

"So we drank and I went to the bridge rail. And just as I jumped I could see myself in the water.

1. Le whisky de contrebande est clair comme de l'eau. Sa fabrication clandestine, souvent la nuit dans les bois (d'où le nom de *moonshine whisky*), et sa vente dans des lieux reculés étaient très

Nous avons longé la rivière en chantant, puis nous sommes arrivés au moulin et nous nous sommes arrêtés. Pendant que l'un d'eux entrait dans le moulin, j'ai commencé à enlever mes vêtements...

— À enlever vos vêtements ?

— Oui. Mon complet du dimanche. À les enlever et à les jeter dans la poussière, parbleu.

— Il ne faisait donc pas froid ?

— Si. Il faisait froid. Oui. Quand j'ai enlevé mes vêtements, j'ai senti le froid sur moi. Puis l'homme est sorti du moulin avec une cruche et nous avons bu à la cruche...

— Qu'est-ce qu'il y avait dedans ?

— Je ne sais pas. Je ne me souviens pas. Ce n'était pas du whisky. J'ai bien vu ça à la couleur. C'était clair comme de l'eau[1].

— Vous ne pouviez pas voir ça à l'odeur ?

— Je n'ai pas d'odorat, vous savez. Je ne sais pas comment on appelle ça. Mais depuis mon enfance, il y a des choses que je ne sens pas. Voilà pourquoi, à ce qu'ils disent, ça fait vingt-cinq ans que je suis ici.

« Donc nous avons bu et je me suis approché du parapet du pont. Et juste au moment où j'ai sauté je me suis aperçu dans l'eau.

répandues dans tous les États-Unis, voire une fierté régionale dans le Sud (voir notamment *Sanctuaire* et « Le feu et le foyer », dans *Descends, Moïse*).

And I knew that it had happened then. Because my body was a human man's body. But my face was the same face that had gone off inside my head back there on the train, the face that had horns and a beard.

"When I got back into the wagon we drank again out of the jug and we sung, only after a while I put on my underclothes and my pants like they wanted me to, and then we went on, singing.

"When we came in sight of the house I got out of the wagon. 'You dont want to get out here,' they said. 'We are in the pasture where they keep that bull chained up.' But I got out of the wagon, with my Sunday coat and vest and the portfolio, and the tin flute."

## III

He ceased. He looked at me, quite grave, quite quiet.

"Yes," I said. "Yes. Then what?"

He watched me. "I never asked you to believe nothing, did I? I will have to say that for you." His hand was inside his bosom.

Et alors j'ai su que la chose était arrivée. Parce que mon corps était celui d'un homme. Mais ma figure était la même que celle qui avait éclaté à l'intérieur de ma tête là-bas dans le train, la figure qui avait des cornes et une barbe.

« Quand je suis remonté dans la voiture, nous avons bu encore à la cruche et nous avons chanté, mais au bout d'un moment j'ai remis mes sous-vêtements et mon pantalon comme ils me le demandaient, et nous avons continué notre chemin en chantant.

« Quand nous sommes arrivés en vue de la maison, je suis descendu de la voiture. "Vous n'allez pas descendre ici, m'ont-ils dit. Nous sommes dans le pâturage où on a attaché le taureau." Mais je suis descendu de la voiture, avec ma veste du dimanche, mon gilet, le carton à dessins et la flûte de fer-blanc. »

III

Il se tut, et il me regarda, l'air très grave, très calme.

« Bien, dis-je. Bien. Et après ? »

Il me regarda longuement. « Je ne vous ai jamais demandé de croire quoi que ce soit, n'est-ce pas ? Je tiens à vous l'accorder. » Il avait glissé la main à l'intérieur de sa veste.

"Well, you had some pretty hard going, so far. But now I will take the strain off of you."

From his bosom he drew out a canvas wallet. It was roughly sewn by a clumsy hand and soiled with much usage. He opened it. But before he drew out the contents he looked at me again. "Do you ever make allowances?"

"Allowances?"

"For folks. For what folks think they see. Because nothing ever looks the same to two different people. Never looks the same to one person, depending on which side of it he looks at it from."

"Oh," I said. "Allowances. Yes. Yes."

From the wallet he drew a folded sheet of newspaper. The page was yellow with age, the broken seams glued carefully with strips of soiled cloth. He opened it carefully, gingerly, and turned it and laid it on the table before me. "Dont try to pick it up," he said. "It's kind of old now, and it's the only copy I have. Read it."

I looked at it: the fading ink, the blurred page dated twenty-five years ago:

« Eh bien, jusqu'ici ça a été assez dur à suivre pour vous. Mais je vais maintenant mettre fin à toute cette difficulté. »

Il tira de sa veste un portefeuille en toile. Il avait été sommairement cousu par une main malhabile, et il était sale d'avoir beaucoup servi. Il l'ouvrit. Mais avant d'en sortir le contenu, il me regarda de nouveau. « Est-ce que ça vous arrive de vous montrer indulgent ?

— Indulgent ?

— Pour les gens. Pour ce que les gens pensent voir. Parce que rien n'est jamais vu de la même manière par deux personnes différentes. Ni par une seule personne, selon le côté d'où on regarde les choses.

— Ah ! dis-je. Indulgent ? Oui, oui. »

Il sortit du portefeuille une page de journal pliée. Elle était jaunie par le temps ; les plis en étaient soigneusement recollés avec des bandes de toile sales. Il l'ouvrit avec de minutieuses précautions, la retourna et l'étala sur la table devant moi. « N'essayez pas de la prendre à la main, dit-il. Elle est un peu vieille à présent, mais c'est le seul exemplaire que je possède. Lisez. »

Je regardai la feuille : l'encre passée, la page défraîchie datée de vingt-cinq ans auparavant :

MANIAC AT LARGE IN VIRGINIA MOUNTAINS

PROMINENT NEW YORK SOCIETY WOMAN ATTACKED IN OWN GARDEN

Mrs. Carleton Van Dyming Of New York And Newport Attacked By Half Nude Madman And Maddened Bull In Garden Of Her Summer Lodge. Maniac Escapes. Mrs. Van Dyming Prostrate

It went on from there, with pictures and diagrams, to tell how Mrs. Van Dyming, who was expecting a man from the office of her New York architect, was called from the dinner table to meet, as she supposed, the architect's man. The story continued in Mrs. Van Dyming's own words:

> I went to the library, where I had directed that the architect's man be brought, but there was no one there. I was about to ring for the footman when it occurred to me to go to the front door,

FOU FURIEUX EN LIBERTÉ
DANS MONTAGNES DE VIRGINIE

FEMME BIEN CONNUE
DANS SOCIÉTÉ NEW-YORKAISE
ATTAQUÉE DANS SON JARDIN

Mrs. Carleton Van Dyming De New York Et Newport[1] Attaquée Par Fou À Moitié Nu Et Taureau Furieux Dans Jardin De Sa Résidence Estivale. Fou En Fuite. Mrs. Van Dyming Prostrée

L'article continuait, avec photographies et croquis, pour raconter que Mrs. Van Dyming, qui attendait un employé du bureau de son architecte de New York, était en train de dîner quand on lui avait annoncé la visite, croyait-elle, de l'envoyé de son architecte. Le récit se poursuivait par la propre déclaration de Mrs. Van Dyming :

> Je me suis rendue dans la bibliothèque, où j'avais demandé qu'on fasse entrer l'employé de l'architecte, mais il n'y avait personne. J'étais sur le point de sonner le domestique, quand j'ai eu l'idée d'aller à la porte d'entrée,

1. Ville coloniale de Rhode Island, devenue à la fin du XIXe siècle et au début du XXe station balnéaire et port de plaisance pour milliardaires (Vanderbilt, Astor), aux célèbres demeures démesurées.

since it is a local custom among these country people to come to the front and refuse to advance further or to retreat until the master or the mistress of the house appears. I went to the door. There was no one there.

I stepped out onto the porch. The light was on, but at first I could see no one. I started to re-enter the house but the footman had told me distinctly that the wagon had returned from the village, and I thought that the man had perhaps gone on to the edge of the lawn where he could see the theatre site, where the workmen had that day begun to prepare the ground by digging up the old grape vines. So I went in that direction. I had almost reached the end of the lawn when something caused me to turn. I saw, in relief between me and the lighted porch, a man bent over and hopping on one leg, who to my horror I realised to be in the act of removing his trousers.

I screamed for my husband. When I did so, the man freed his other leg and turned and came toward me running, clutching a knife (I could see the light from the porch gleaming on the long blade) in one hand, and a flat, square object in the other. I turned then and ran screaming toward the woods.

I had lost all sense of direction. I simply ran for my life. I found that I was inside the old vineyard, among the grape vines, running directly away from the house. I could hear the man running behind me and suddenly I heard him begin to make a strange noise. It sounded like a child trying to blow upon a penny whistle,

car c'est l'habitude locale chez ces gens de la campagne de venir jusqu'à la porte et de refuser d'entrer ou de se retirer avant que ne paraisse le maître ou la maîtresse de maison. Je suis donc allée à la porte. Il n'y avait personne.

Je me suis avancée sur la galerie. La lumière était allumée, mais d'abord je n'ai vu personne. J'allais rentrer dans la maison, mais le domestique m'avait dit clairement que la voiture était revenue du village, et j'ai pensé que l'employé s'était peut-être rendu au bord de la pelouse d'où l'on pouvait voir l'emplacement destiné au théâtre, où ce jour-là les ouvriers avaient commencé à préparer le terrain en arrachant les anciennes vignes. J'ai donc pris cette direction. J'avais presque atteint le bord de la pelouse quand quelque chose m'a fait me retourner. J'ai aperçu, se détachant entre moi et la galerie éclairée, un homme penché en avant et sautillant sur un pied qui, je m'en suis rendu compte avec horreur, était en train d'enlever son pantalon.

J'ai hurlé pour appeler mon mari. À ce moment, l'homme a dégagé son autre jambe, s'est retourné et est venu vers moi en courant, tenant d'une main ferme un couteau (je voyais la lumière de la galerie briller sur la longue lame), et de l'autre un objet plat et carré. J'ai fait demi-tour et me suis mise à courir en direction des bois en hurlant.

J'avais perdu tout sens de l'orientation. Je fuyais tout simplement pour sauver ma vie. Je me suis aperçue que j'étais dans l'ancien vignoble, au milieu des pieds de vigne, courant dans une direction exactement opposée à celle de la maison. J'entendais l'homme courir derrière moi et tout à coup je l'ai entendu se mettre à faire un bruit étrange. On aurait dit un enfant qui essaie de jouer d'un sifflet de quatre sous,

then I realised that it was the sound of his breath whistling past the knifeblade clinched between his teeth.

Suddenly something overtook and passed me, making a tremendous uproar in the shrubbery. It rushed so near me that I could see its glaring eyes and the shape of a huge beast with horns, which I recognised a moment later as Carleton's—Mr. Van Dyming's—prize Durham bull; an animal so dangerous that Mr. Van Dyming is forced to keep it locked up. It was now free and it rushed past and on ahead, cutting off my advance, while the madman with the knife cut off my retreat. I was at bay; I stopped with my back to a tree, screaming for help.

"How did the bull get out?" I said.

He was watching my face while I read, like I might have been a teacher grading his school paper. "When I was a boy, I used to take subscriptions to the *Police Gazette*, for premiums. One of the premiums was a little machine guaranteed to open any lock. I dont use it anymore, but I still carry it in my pocket, like a charm or something, I guess. Anyway, I had it that night." He looked down at the paper on the table. "I guess folks tell what they believe they saw. So you have to believe what they think they believe.

puis je me suis rendu compte que c'était le bruit de sa respiration qui sifflait en passant sur la lame du couteau serrée entre ses dents.

Soudain quelque chose m'a rattrapée et m'a dépassée, en faisant dans les broussailles un fracas formidable. Cela a foncé si près de moi que j'ai vu des yeux étincelants et la silhouette d'une bête énorme avec des cornes, que j'ai reconnue un instant après comme le taureau Durham primé de Carleton — Mr. Van Dyming —, un animal si dangereux que Mr. Van Dyming est obligé de le garder enfermé. Il était maintenant en liberté et il m'a dépassée et a continué sa course, me coupant le chemin tandis que derrière moi le fou avec son couteau me coupait celui de la retraite. J'étais aux abois ; je me suis arrêtée le dos contre un arbre, hurlant pour appeler au secours.

« Comment le taureau s'était-il échappé ? » dis-je.

Il observait l'expression de mon visage tandis que je lisais, comme si j'avais été un professeur en train de corriger sa copie. « Quand j'étais gosse, dit-il, je m'abonnais à la *Gazette de la Police*, pour avoir les primes. L'une d'elles était un petit appareil dont on garantissait qu'il ouvrait toutes les serrures. Je ne m'en sers plus à présent, mais je l'ai toujours dans ma poche, sans doute comme un talisman ou quelque chose de ce genre. En tout cas, je l'avais ce soir-là.» Il a baissé les yeux vers le journal sur la table. « J'imagine que les gens racontent ce qu'ils croient avoir vu. Il faut donc croire ce qu'ils se figurent croire.

But that paper dont tell how she kicked off her slippers (I nigh broke my neck over one of them) so she could run better, and how I could hear her going wump-wump-wump inside like a dray horse, and how when she would begin to slow up a little I would let out another toot on the whistle and off she would go again.

"I couldn't even keep up with her, carrying that portfolio and trying to blow on that whistle too; seemed like I never would get the hang of it, somehow. But maybe that was because I had to start trying so quick, before I had time to kind of practice up, and running all the time too. So I threw the portfolio away and then I caught up with her where she was standing with her back against the tree, and that bull running round and round the tree, not bothering her, just running around the tree, making a right smart of fuss, and her leaning there whispering 'Carleton. Carleton' like she was afraid she would wake him up."

The account continued:

> I stood against the tree, believing that each circle which the bull made, it would discover my presence. That was why I ceased to scream. Then the man came up where I could see him plainly for the first time. He stopped before me; for one both horrid and joyful moment

Mais ce journal ne dit pas que pour aller plus vite elle s'était débarrassée de ses escarpins tout en courant (j'ai failli me casser le cou en trébuchant sur l'un d'eux), et que je pouvais entendre sa poitrine faire han-han comme celle d'un cheval de trait et que chaque fois qu'elle commençait à ralentir un peu je n'avais qu'à faire marcher mon sifflet et la voilà qui repartait.

« Je n'arrivais même pas à aller aussi vite qu'elle, avec ce carton que je portais et ce sifflet dont j'essayais de jouer ; mais j'avais beau faire j'avais l'impression que je n'y parviendrais jamais. Mais c'était peut-être parce que j'avais dû m'y mettre si rapidement, sans avoir eu le temps de m'exercer un peu, et aussi parce que je ne cessais pas de courir. Alors j'ai envoyé promener le carton à dessins et je l'ai rattrapée à l'endroit où elle s'était adossée contre l'arbre, avec ce taureau qui n'arrêtait pas de courir autour de l'arbre, sans s'occuper d'elle, courant simplement autour de l'arbre, tout en faisant un raffut terrible, tandis qu'elle restait appuyée là et murmurait tout bas "Carleton. Carleton" comme si elle avait eu peur de le réveiller. »

L'article continuait :

> Je suis restée contre l'arbre, croyant à chaque tour que faisait le taureau qu'il allait découvrir ma présence. C'est pourquoi j'ai cessé de crier. Puis l'homme s'est approché et je l'ai vu distinctement pour la première fois. Il s'est arrêté devant moi. Pendant un instant, avec une joie mêlée d'horreur,

I thought he was Mr. Van Dyming. "Carleton!" I said.

He didn't answer. He was stooped over again, then I saw that he was engaged with the knife in his hand. "Carleton!" I cried.

"'Dang if I can get the hang of it, somehow,' he kind of muttered, busy with the murderous knife.

"Carleton!" I cried. "Are you mad?"

He looked up then. I saw that it was not my husband, that I was at the mercy of a madman, a maniac, and a maddened bull. I saw the man raise the knife to his lips and blow again upon it that fearful shriek. Then I fainted.

## IV

And that was all. The account merely went on to say how the madman had vanished, leaving no trace, and that Mrs. Van Dyming was under the care of her physician, with a special train waiting to transport her and her household, lock, stock, and barrel, back to New York; and that Mr. Van Dyming in a brief interview had informed the press that his plans about the improvement of the place had been definitely rescinded and that the place was now for sale.

I folded the paper as carefully as he would have. "Oh," I said. "And so that's all."

je l'ai pris pour Mr. Van Dyming, et j'ai dit : « Carleton ! »

Il n'a pas répondu. Il était de nouveau penché en avant, alors j'ai vu qu'il s'intéressait au couteau qu'il avait à la main. « Carleton ! » ai-je crié.

« Fichtre, j'arriverai jamais à faire marcher ce truc », a-t-il marmonné, toujours occupé avec son couteau meurtrier.

« Carleton, ai-je crié. Est-ce que tu es fou ? »

C'est alors qu'il a levé les yeux. J'ai vu que ce n'était pas mon mari, que j'étais à la merci d'un malade mental, un fou furieux, et d'un taureau enragé. J'ai vu l'homme lever son couteau jusqu'à ses lèvres et souffler dedans et faire encore cet effroyable sifflement. Puis je me suis évanouie.

## IV

Et ce fut tout. L'article ajoutait simplement que le fou avait disparu sans laisser de trace, que Mrs. Van Dyming était sous la garde de son médecin, et qu'un train spécial attendait pour la ramener à New York, elle et tout son personnel au grand complet ; et enfin que Mr. Van Dyming avait accordé à la presse un bref entretien pour l'informer que ses projets concernant la propriété avaient été définitivement abandonnés et que celle-ci était présentement à vendre.

J'ai replié la feuille avec autant de soin qu'il y aurait mis. « Ah ! ai-je dit. Alors, c'est tout ?

"Yes. I waked up about daylight the next morning, in the woods. I didn't know when I went to sleep nor where I was at first. I couldn't remember at first what I had done. But that aint strange. I guess a man couldn't lose a day out of his life and not know it. Do you think so?"

"Yes," I said. "That's what I think too."

"Because I know I aint as evil to God as I guess I look to a lot of folks. And I guess that demons and such and even the devil himself aint quite as evil to God as lots of folks that claim to know a right smart about His business would make you believe. Dont you think that's right?" The wallet lay on the table, open. But he did not at once return the newspaper to it.

Then he quit looking at me; at once his face became diffident, childlike again. He put his hand into the wallet; again he did not withdraw it at once.

"That aint exactly all," he said, his hand inside the wallet, his eyes downcast, and his face: that mild, peaceful, nondescript face across which a mild moustache straggled. "I was a powerful reader, when I was a boy. Do you read much?"

"Yes. A good deal."

— Oui. Je me suis réveillé le lendemain avec le jour, dans les bois. À ce moment-là, je ne savais ni quand je m'étais endormi, ni où j'étais. Et au premier instant, je n'ai pas pu me rappeler ce que j'avais fait. Mais cela n'a rien d'extraordinaire. J'imagine qu'on ne peut pas perdre une journée de sa vie sans s'en apercevoir. Vous ne pensez pas ?

— Oui, ai-je dit. C'est aussi ce que je pense.

— Parce que je sais que je ne suis pas aussi mauvais aux yeux de Dieu que je le parais probablement à ceux de beaucoup de gens. Et je me figure que les démons et leurs semblables et le diable lui-même sont pas aussi mauvais aux yeux de Dieu que voudraient nous le faire croire des tas de gens qui prétendent être bien au courant de toutes Ses affaires. Vous pensez pas que c'est la vérité ? » Le portefeuille était resté sur la table, grand ouvert. Mais il n'y a pas remis tout de suite la feuille de journal.

Puis il a cessé de me regarder, et aussitôt son visage a repris son expression hésitante, enfantine. Il a introduit la main dans le portefeuille, mais de nouveau sans la retirer aussitôt.

« Ce n'est pas exactement tout », a-t-il dit, la main à l'intérieur du portefeuille, les yeux baissés, le visage aussi — doux et paisible, sans expression définie, un visage barré d'une légère moustache. « Quand j'étais gamin, je lisais énormément. Est-ce que vous lisez beaucoup ?

— Oui, pas mal. »

But he was not listening. "I would read about pirates and cowboys, and I would be the head pirate or cowboy—me, a durn little tyke that never saw the ocean except at Coney Island or a tree except in Washington Square day in and out. But I read them, believing like every boy, that some day... that living wouldn't play a trick on him like getting him alive and then... When I went home that morning to get ready to take the train, Martha says, 'You're just as good as any of them Van Dymings, for all they get into the papers. If all the folks that deserved it got into the papers, Park Avenue wouldn't hold them, or even Brooklyn,' she says." He drew his hand from the wallet. This time it was only a clipping, one column wide, which he handed me, yellow and faded too, and not long:

MYSTERIOUS DISAPPEARANCE

FOUL PLAY SUSPECTED

Wilfred Middleton, New York Architect, Disappears From Millionaire's Country House

Mais il n'écoutait pas. « Je lisais des histoires de pirates et de cow-boys, et je m'imaginais être leur chef, moi, un pauvre petit bougre qui tous les jours que le bon Dieu fait ne voyait jamais la mer ailleurs qu'à Coney Island[1], ni un arbre ailleurs qu'à Washington Square[2]. Mais je les lisais, et comme tous les garçons je me figurais qu'un jour... que l'existence ne me jouerait pas le sale tour de me rattraper et puis... Quand j'étais rentré à la maison ce matin-là pour me préparer avant de prendre le train, Martha m'avait dit : "Tu vaux bien tous ces Van Dyming, même s'ils ont leur nom dans le journal. Si tous les gens qui le méritent avaient leur nom dans le journal, Park Avenue et même Brooklyn ne seraient pas assez grands pour eux." » Il a sorti sa main du portefeuille. Cette fois ce n'était qu'une simple coupure, sur une colonne, jaunie et passée elle aussi, et pas très longue. Il me l'a tendue :

MYSTÉRIEUSE DISPARITION

CRIME PROBABLE

Wilfred Middleton, Architecte New-Yorkais, Disparaît Dans Maison De Campagne De Millionnaire

1. Station balnéaire et parc d'attractions populaire sur la côte sud de Long Island, N.Y.

2. Parc situé dans Greenwich Village, au sud de Manhattan, alors quartier d'artistes et de la bohème new-yorkaise.

POSSE SEEKS BODY OF ARCHITECT BELIEVED SLAIN BY MADMAN IN VIRGINIA MOUNTAINS

May Be Coupled With Mysterious Attack On Mrs. Van Dyming

Mountain Neighborhood In State Of Terror

....., Va. April 8,.....Wilfred Middleton, 56, architect, of New York City, mysteriously disappeared sometime on April 6th, while en route to the country house of Mr. Carleton Van Dyming near here. He had in his possession some valuable drawings which were found this morning near the Van Dyming estate, thus furnishing the first clue. Chief of Police Elmer Harris has taken charge of the case, and is now awaiting the arrival of a squad of New York detectives, when he promises a speedy solution if it is in the power of skilled criminologists to do so.

MOST BAFFLING IN ALL HIS EXPERIENCE

"When I solve this disappearance," Chief Harris is quoted, "I will also solve the attack on Mrs. Van Dyming on the same date."

Middleton leaves a wife, Mrs. Martha Middleton,..... st., Brooklyn.

He was watching my face. "Only it's one mistake in it," he said.

"Yes," I said. "They got your name wrong."

TROUPE RECHERCHE
CORPS ARCHITECTE
PROBABLEMENT ASSASSINÉ PAR FOU
DANS MONTAGNES DE VIRGINIE

Lien Possible Avec Mystérieux Attentat
Contre Mrs. Van Dyming

Terreur Dans Les Montagnes

....., Virginie, 8 avril..... Wilfred Middleton, 56 ans, architecte, de New York, a disparu de façon mystérieuse dans la journée du 6 avril, alors qu'il se rendait à la maison de campagne de Mr. Carleton Van Dyming non loin d'ici. Il avait sur lui des plans d'une grande valeur que l'on a retrouvés ce matin près de la propriété Van Dyming et qui fournissent un premier indice. L'inspecteur Elmer Harris, chargé de l'enquête, attend actuellement l'arrivée d'une équipe de détectives new-yorkais, promettant une solution rapide selon l'habileté des criminologues.

L'AFFAIRE LA PLUS DÉCONCERTANTE
DE TOUTE SA CARRIÈRE

« Quand j'aurai résolu l'énigme de cette disparition, a déclaré l'inspecteur Harris, je résoudrai également celle de l'attentat commis contre Mrs. Van Dyming à la même date. »

Middleton laisse une femme, Mrs. Martha Middleton, rue..... à Brooklyn.

Il observait mon visage. « Seulement il y a une petite erreur, a-t-il dit.

— Oui, ai-je dit. On a mal orthographié votre nom.

"I was wondering if you'd see that. But that's not the mistake..." He had in his hand a second clipping which he now extended. It was like the other two; yellow, faint. I looked at it, the fading, peaceful print through which, like a thin, rotting net, the old violence had somehow escaped, leaving less than the dead gesture fallen to quiet dust. "Read this one. Only that's not the mistake I was thinking about. But then, they couldn't have known at that time..."

I was reading, not listening to him. This was a reprinted letter, an 'agony column' letter:

*New Orleans, La.*
*April 10,....*

*To the Editor,* New York Times
*New York, N.Y.*

*Dear Sir*

*In your issue of April 8, this year you got the name of the party wrong. The name is Midgleston not Middleton. Would thank you to correct this error in local and metropolitan columns as the press a weapon of good & evil into every American home. And a power of that weight cannot afford mistakes even about people as good as any man or woman even if they dont get into the papers every day.*

*Thanking you again, beg to remain*

*A Friend*

— Je me demandais si vous alliez le remarquer. Mais ce n'est pas cette erreur-là... » Il avait à la main une seconde coupure de journal qu'il m'a tendue. Elle était comme les deux autres, jaunie et passée. J'ai regardé les lignes imprimées, pâlies et paisibles, à travers lesquelles, comme à travers un filet aux mailles fines et usées, la violence d'autrefois s'était en quelque sorte échappée, laissant à peine un geste aboli, retourné à la silencieuse poussière. « Lisez ceci. Seulement ce n'est pas à cette erreur-là que je pensais. Mais à ce moment-là on ne pouvait pas savoir... »

Je lisais, sans l'écouter. C'était la reproduction d'une lettre publiée dans le Courrier des lecteurs.

*La Nouvelle-Orléans, Louisiane.*
*10 avril....*

*À M. le Rédacteur en chef,* New York Times
*New York, N. Y.*

*Monsieur,*

*Dans votre numéro du 8 avril de cette année, vous avez mal orthographié le nom de la personne citée. Ce nom est Midgleston et non Middleton. Je vous serais reconnaissant de bien vouloir rectifier cette erreur dans les colonnes consacrées aux informations locales et métropolitaines, car la presse agit dans chaque foyer américain comme une arme à la fois bonne et mauvaise. Et une puissance telle que la presse ne peut se permettre d'erreur, même au sujet de gens qui en valent bien d'autres, hommes ou femmes, même s'ils n'ont pas tous les jours leur nom dans le journal.*

*Avec mes remerciements anticipés, je vous prie d'agréer, Monsieur, mes salutations distinguées.*

*Un Ami*

"Oh," I said. "I see. You corrected it."

"Yes. But that's not the mistake. I just did that for her. You know how women are. Like as not she would rather not see it in the papers at all than to see it spelled wrong."

"She?"

"My wife. Martha. The mistake was, if she got them or not."

"I dont—Maybe you'd better tell me."

"That's what I am doing. I got two of the first one, the one about the disappearance, but I waited until the letter come out. Then I put them both into a piece of paper with *A Friend* on it, and put them into a envelope and mailed them to her. But I dont know if she got them or not. That was the mistake."

"The mistake?"

"Yes. She moved. She moved to Park Avenue when the insurance was paid. I saw that in a paper after I come down here. It told about how Mrs. Martha Midgleston of Park Avenue was married to a young fellow he used to be associated with the Maison Payot

1. Un critique propose que le nom pourrait être un jeu de mots sur « payer », suggérant que le jeune homme travaillerait dans une institution financière. Il serait plus pertinent d'y voir une allusion ironique au sort de Midgleston, rappelant le titre du

« Ah ! ai-je dit. Je vois. Vous avez rectifié.

— Oui. Mais ce n'est pas ça l'erreur. Je ne l'ai fait que pour elle. Vous savez comme sont les femmes. Elle aurait très probablement mieux aimé ne pas le voir dans le journal que de le voir avec une faute d'orthographe.

— Elle ? Qui ?

— Ma femme. Martha. L'erreur, c'était de ne pas savoir si elle les avait reçues ou non.

— Je ne... Il vaudrait sans doute mieux m'expliquer.

— C'est ce que je suis en train de faire. Je me suis procuré deux exemplaires du premier, celui qui parle de la disparition, mais j'ai attendu que la lettre soit publiée. Alors j'ai glissé les deux coupures dans une feuille de papier sur laquelle j'ai signé *Un Ami*, puis j'ai mis le tout dans une enveloppe que je lui ai envoyée par la poste. Mais j'ignore si elle les a reçues. C'était ça l'erreur.

— L'erreur ?

— Oui. Elle avait déménagé. Elle a déménagé pour Park Avenue après le paiement de l'assurance. J'ai vu cela dans un journal après mon arrivée ici. Il disait que Mrs. Martha Midgleston, de Park Avenue, avait épousé un jeune homme qui faisait partie de la Maison Payot[1],

premier roman de Faulkner, *Soldiers' Pay* (*Monnaie de singe*), paru en février 1926, donc à une date probablement proche de celle de l'écriture de « Musique noire ».

on Fifth Avenue. It didn't say when she moved, so I dont know if she got them or not."

"Oh," I said. He was putting the clippings carefully back into the canvas wallet.

"Yes, sir. Women are like that. It dont cost a man much to humor them now and then. Because they deserve it; they have a hard time. But it wasn't me. I didn't mind how they spelled it. What's a name to a man that's done and been something outside the lot and plan for mortal human man to do and be?"

dans la Cinquième Avenue. On ne disait pas à quelle date elle avait déménagé, alors je ne sais pas si elle les a reçues ou non.

— Ah ! » ai-je dit. Il était en train de remettre soigneusement les coupures dans son portefeuille.

« Oui, m'sieur. C'est comme ça que sont les femmes. Il n'en coûte pas beaucoup à un homme de se prêter de temps en temps à leurs caprices. Car elles le méritent : elles n'ont pas la vie facile. Mais ce n'était pas pour moi. Peu m'importait la façon dont on avait orthographié mon nom. Qu'est-ce qu'un nom pour un homme qui a accompli et qui a été quelque chose qu'il n'est pas dans le lot ou le destin d'un homme d'être ou d'accomplir ? »

## DU MÊME AUTEUR

*Dans la collection Folio Bilingue*

TANDIS QUE J'AGONISE (Folio Bilingue n° 1)

UNE ROSE POUR EMILY — SEPTEMBRE ARDENT — SOLEIL COUCHANT (Folio Bilingue n° 59)

L'ARBRE AUX SOUHAITS (Folio Bilingue n° 117)

*Dans la collection Folio*

SANCTUAIRE (Folio n° 231)

TANDIS QUE J'AGONISE (Folio n° 307)

LUMIÈRE D'AOÛT (Folio n° 621)

SARTORIS (Folio n° 920)

LE BRUIT ET LA FUREUR (Folio n° 162)

TREIZE HISTOIRES (Folio n° 2300)

UNE ROSE POUR EMILY (Folio 2€ n° 3758)

PYLÔNE (Folio n° 1531)

L'INVAINCU (Folio n° 2184)

LE GAMBIT DU CAVALIER (Folio n° 2718)

L'INTRUS (Folio n° 420)

REQUIEM POUR UNE NONNE (Folio n° 2480)

PARABOLE (Folio n° 2996)

LE HAMEAU (Folio n° 1661)

LES LARRONS (Folio n° 2789)

IDYLLE AU DÉSERT (Folio n° 3091)

*Composition CMB Graphic.*
*Impression CPI Bussière*
*à Saint-Amand (Cher), le 3 septembre 2010.*
*Dépôt légal : septembre 2010.*
*Numéro d'imprimeur : 102301/1.*
ISBN 978-2-07-043702-3./Imprimé en France.

172902